"Ein Lächeln dauert einen Augenblick –
eine Erinnerung ist für immer!"

*****

"Es wird viel geredet
und so wenig gesagt.
Dabei gibt es so viel zu sagen,
aber leider versteht es keiner!"

FSC
www.fsc.org

MIX

Papier aus ver-
antwortungsvollen
Quellen
Paper from
responsible sources

FSC® C105338

Herstellung und Verlag:
Books on Demand GmbH, Norderstedt
ISBN 9783842372887

Ich liebe diese Verrückte...

Szenen einer
etwas anderen
Beziehung

von
Christian Roth

Was der Leser wissen sollte...

Dieses Buch ist keine Biografie, die ich unter die Leute bringen will. Dazu bin ich zu unbedeutend – höchstens Promi D-tauglich.

Ich bin weder ein selbsternannter Frauenversteher noch ein anerkannter Frauenflüsterer. Die Liebe wurde auch nicht von mir erfunden, aber ich hätte alles daran gesetzt, dies zu tun, wenn es sie nicht schon gäbe.

Ursprünglich sollten es lediglich ein paar Dankeschön-zeilen an meine geliebte Partnerin werden. Die Worte sind aber ungewollt selbständig geworden, aus der Reihe getanzt und haben schlussendlich eine Geschichte geformt.

In den vielen Jahren unserer Partnerschaft, habe ich diese *"Verrückte"* langsam und schrittweise immer besser verstehen gelernt.

Das war gar nicht so schwer. Es war *"nur"* Arbeit, teilweise harte Arbeit und hat manchmal enorm viel an Nervensubstanz gekostet. Als Mann musste ich ganz einfach die eigene Rolle in der Partnerschaft überdenken und vom *"unbedingt-der-Chef-sein-wollen"* abrücken.

Beim Schreiben dieser Zeilen, durfte ich nochmals in Erinnerungen schwelgen – die Vergangenheit mit all den wunderschönen, ausgeflippten und unvergesslichen Geschichten Revue passieren lassen. Einfach das Gute und Schöne der verflossenen Jahre geniessen.

Ich widme diese Zeilen der Hauptdarstellerin der Geschichte – meiner Frau und Partnerin Mägi. Dieses Buch soll ein Dankeschön sein, dass sie mir das Erlebnis einer grossen Liebe geschenkt hat. Eine Tatsache, die ich nicht einfach als Selbstverständlichkeit hinnehmen will.

Sie soll erfahren, wie ich gefühlt habe, wenn die Fetzen flogen oder wenn sich meine Gefühle auf Höhenflug befanden.

Dabei erinnere ich mich aber auch an die vielen gescheiterten Beziehungen, die sich in meinem näheren und weiteren Umfeld abgespielt haben.

Differenzen, die in jeder Partnerschaft zwangsweise auftreten, schlugen viele Türen endgültig zu. Die Hoffnung, eine gemeinsame Zukunft zu erleben, wurde schnell begraben. Zu schnell, wie ich meine.

Es wurde und wird immer weniger gekämpft für die Liebe. Schade – denn erleben kann sie nur, wer unentwegt an diesem Juwel arbeitet!

"Liebe wächst nicht auf den Bäumen, wie die Äpfel im Garten Eden. Man muss sie schon selber erschaffen, und – das ist Arbeit, harte Arbeit!"

Die Aussage dieser alten Weisheit ist kaum zu wiederlegen, wenn man sich mit dem Thema Partnerschaft und Ehe einmal auseinandergesetzt hat.

Die Dauer von Beziehungen wird immer kürzer und die Scheidungsrate steigt unaufhaltsam.

Wir müssen etwas tun für die Liebe. Die viel zitierte Liebe wird uns nicht einfach ins Nest gelegt, wie die bunten Eier an Ostern. Sie ist kein Geschenk, das bei Nichtgefallen einfach ein- oder umgetauscht werden kann.

Kreativität ist gefragt, Respekt, Toleranz, Grosszügigkeit, Kompromissbereitschaft, Geduld, und – viel, sehr viel Herz.

"Ja" sagen zur richtigen Zeit, und möglichst nie "Nein" im falschen Moment. Die Ohren und Augen offen halten – die Mücken husten hören.

Eine Frau ist nicht einfach eine hübsche Dekoration oder eine begehrenswerte Erscheinung, die auf den geilen Mann wartet, um unter die Bettdecke zu kriechen und wilden Sex zu erleben. Sie ist ein kompliziertes Konstrukt, deren Zusammensetzung einem Labyrinth aus Gefühl, Schönheit und Berechnung gleicht.

Eroberung ist angesagt, mit allen Regeln der Verführungskunst.

Aufgepasst! – die Regeln bestimmt sie, denn sie ist schliesslich eine Frau und darf auch einmal etwas bestimmen.

Nicht unüberlegt vorpreschen. Das könnte in die Hose gehen.

Es gilt ein altbewährtes Prinzip: *"Leben und leben lassen!"*

Ein denkbar schlechtes Rezept ist, Vorschriften zu machen, Regeln aufzustellen und dabei eine strenge Miene aufzusetzen um dann in Siegerpose zu verfallen. Diese Vorstellung wird Schiffbruch erleben und die Hosenbeine könnten kürzer werden.

Die Regeln in der Partnerschaft macht die Frau. Keine durchschaubaren Widerreden, keine Widerstände und keine seichten Diskussionen, liebe Männer. Ihr zieht so oder so den Kürzeren. Die Argumente einer Frau sind unumstösslich und halten jedem Gegenargument stand.

Schliesslich will ich als Mann mein Gesicht wahren und nicht als geknickter Verlierer vom Platz gehen. Also Kopf hoch und mit erhobenem Haupt durch jedes aufziehende Gewitter gehen. Die Sonne wird danach um so heller wieder scheinen.

Keine Bange vor hitzigen und nervenaufreibenden Auseinandersetzungen. Das Resultat zählt und die bestens bekannte Aussage *"...und die Frau hat immer Recht! Basta!"* schmerzt nicht lange. Man muss lernen, damit umzugehen.

Sobald ein Mann das seltsame, komplizierte aber erstrebenswerte Wesen "Frau" akriibisch und vorsichtig erforscht hat, wird er dem Schöpfer dankbar sein, dass diese himmlischen Geschöpfe erschaffen wurden. Kein anderes Lebewesen kann einen Mann mehr faszinieren, begeistern, nerven oder näher an den Rand des Wahnsinns treiben.

Jeder kann die farbige, lebhafte und unvergessliche Liebe erleben.

Nur aufgeben darf man nicht, auch wenn der Weg zwischendurch mal steinig und holprig wird. Dann warten eben jene Hindernisse, die das grosse und ersehnte Glück ausmachen. Nicht aufgeben, denn am Ende des Tunnels wartet das Paradies. Dafür zu kämpfen lohnt auf jeden Fall.

Ich wollte sie – unbedingt und um jedem Preis. Das verrückte, stachlige Skorpionweib hatte mich verzaubert, betört und mit ihrer erotischen Aura gefangen. Jetzt bin ich seit mehr als fünf Jahrzehnten mit dieser Wundertüte zusammen und ein Ende ist nicht abzusehen. Wir lieben uns, nerven, bekämpfen und bekriegen uns, gehen durch Dick und Dünn und strecken die Nase nur aus dem Wasser, um Luft zu schnappen.

Es wurde nie langweilig, dafür umso öfter explosiv. Der Treibstoff für unsere Beziehung ging nie aus. Es gab ununterbrochen neue Nahrung, die den Motor am Laufen hielt.

Manchmal stotterte der Antrieb, weil der Vergaser zuviel Luft bekam. Der Schaden konnte aber glücklicherweise immer wieder repariert werden.

Alles was die Vergangenheit gebracht hat, verdanke ich der Begegnung mit der grossen Liebe. Sie hat mich verzaubert, verzückt, verführt, gekränkt und betrogen. Aber ihre Liebe habe ich immer gespürt und der oftmals un-vermeidliche Streit, konnte uns nie trennen.

Kein Weg war zu weit, kein Berg zu hoch und kein Wasser zu tief, diesen Glücksbringer zu finden und – bedingungslos zu lieben.

Vielleicht kann ich den einen oder andern Leser daran hindern aufzugeben, eine Partnerschaft leichtfertig aufs Spiel zu setzen oder die Hoffnung stärken, dass aus jedem noch so tiefen Tal, ein Weg auf den ersehnten Gipfel führt. Kämpfen um die Liebe lohnt sich immer, denn jede Versöhnung bringt uns dem Ziel der wahren Liebe näher. Keine Lage ist aussichtslos, nur – manchmal führt der Weg eben über ein paar Umwege zum erstrebten Ziel. Nicht immer ist der Pfad von Blumen gesäumt und nicht jederzeit scheint die Sonne am blauen Himmel.

Die und keine andere...

Ich war gerade mal Fünfzehneinhalb und ein paar Zerquetschte, als sich unsere Wege das erste Mal kreuzten. Im grossen Maschinensaal der Druckerei wartete eine Revision auf mich. In der Druckform hatte der Korrektor ein paar Ungereimtheiten entdeckt, die ich in Ordnung bringen sollte. Nichts Umwerfendes – eigentlich. Auch keine besonders beliebte Arbeit. In meiner Abteilung wurde diese Aufgabe meist dem Lehrling zugeschoben. Mir blieb also gar keine Wahl, als den Auftrag auszuführen. Ausserdem lockte eine angemessene Entschädigung von dem Kollegen, der die Aufgabe in der Regel ausführen müsste.

Dass eine noch viel grössere Motivation auf mich wartete, ahnte ich nicht.

Sie stand hinter der riesigen Presse, stapelte Papierbögen auf ein Palett und raubte mir fast den Verstand. Tief gebückt, im hautengen, kurzen Jupe, gab sie das Vollbild auf ihren knackigen Po preis. Als sie sich dann zu mir drehte, schaute ich in die frechen, grossen Augen und entdeckte – welch ein Bild – die üppigen Brüste. Lange und dichte dunkle Haare fielen über ihre Schultern. Der Anblick schlug wie eine Granate ein. Die Reihenfolge, in der mir alle diese Vorzüge auffielen, ist nicht massgebend. Sie setzten sich nahtlos zu einem umwerfenden und unwiderstehlichen Bild zusammen. Ich war elektrisiert und tief beeindruckt.

Sofort war mir klar: das ist sie! Dieses Mädchen will ich erobern – sie und nur sie soll es sein. Das war die alles entscheidende Begegnung mit meiner Traumfrau.

Ab diesem Zeitpunkt drängte ich mich geradezu auf, die ungeliebten Revisionen im Maschinensaal zu erledigen. Auch ohne finanzielle Abgeltung meiner Arbeitskolle-

gen, bot ich freiwillig die Dienste des Laufburschen an.
Die Gründe meines Sinneswandels blieben nicht lange verborgen.

Spinner, unreifer Schnösel, Traumtänzer, geiler Sack und so ähnlich, tönte es damals aus meinem nächsten Umfeld. Das beeindruckte mich aber wenig.

Egal! Die Faszination hatte meinen Jagdinstinkt geweckt und keine Macht dieser Welt sollte mich auf diesem Weg aufhalten.

Natürlich bremsten viele Umstände das gewünschte Tempo. Da war meine Ausbildung, die natürlich erste Priorität besass. Auch meine Eltern, mit ihrer in jener Zeit normal konservativen Einstellung, zeigten wenig Freude an meinem plötzlich übermässigen Interesse an der weiblichen Spezies.

Trotz allem – meine Gedanken kreisten nur noch um das Mädchen mit den frechen Augen, den verführerischen Lippen, dem kurvigen Körper mit den vollen Brüsten, dem engen Jupe und den geilen High Heels.

Es dauerte dann allerdings einige Zeit, bis ich das Ziel erreichte. Mein unnachgiebiges Werben aber, brachte den gewünschten Erfolg und das erste Rendez-vous.

Am Elften-Elften. Das ist der Tag, an dem jeweils die Narren das Szepter übernehmen und die Faschingszeit eingeläutet wird. Ob das ein bezeichnendes Omen für die Zukunft bedeutete?

Ich muss gestehen, dass ich meine Eroberung an diesem ersten Abend mindestens flach legen wollte.

Aber Erstens kommt es anders und Zweitens, als man denkt.

Wir zogen durch die Bars in der Zürcher Altstadt, genossen Cabaret-Atmosphäre und landeten schliesslich auf einer Bank am Limmat-Ufer. Romantik pur im Laternenlicht trotz Affenkälte. Kuscheln, erste Knutschversuche. Leise, zärtliche Worte ins Ohr hauchen. Meine Hände tasteten dabei sachte ihren Körper ab und wollten sich unbemerkt unter die Bluse verkriechen.

Mit ihrer Reaktion hatte ich allerdings nicht gerechnet. Eine schallende Ohrfeige schaffte klare Verhältnisse und mir ein Paar heisse Lauscher.

Trotzdem wurde es noch ein traumhafter Abend, der aber mit der letzten Eisenbahn endete. In jener Zeit verliess die letzte Zugkomposition meist kurz vor oder nach Mitternacht den Bahnhof.

In träumerischen Gedanken versunken, machte ich mich auf den Heimweg – natürlich zu Fuss. Ich hatte mein karges Lehrlingsgehalt grosszügig in Bars und Cabarets gelassen. Schliesslich wollte ich meiner neuen Eroberung imponieren.

Den etwa zehn Kilometer langen Heimweg schaffte ich locker – auf einer Wolke aus dem "Siebten Himmel".

Eine farbige, abwechslungsreiche und absolut verrückte Zukunft begann. Eine neue, frische, unbekannte und unerforschte Welt tat sich auf.

Die Tage bis zum nächsten Wiedersehen zogen sich endlos dahin. Nur am Samstag oder Sonntag bekam ich von meinen Eltern die Erlaubnis, die neue Eroberung zu treffen. Der Rest der Woche gehörte meiner Ausbildung.

Die karge Zeit nutzten wir um so intensiver und so lernte ich schnell ihre kleinen und grösseren Verrücktheiten kennen.

Beim Winterspaziergang auf den Hausberg, im Tiefschnee und bei eisiger Kälte. Meine Begleiterin natürlich in hochhackigen, langen Stiefeln und kurzem Jupe. Der Aufstieg gelang noch ohne Zwischenfall, doch beim Abstieg brach zwangsweise der hohe Absatz.

Der erste Hinweis, was mich mit dieser Frau noch alles erwarten liess.

Aus Erfahrung lernen und bei der Schuhwahl intelligente Entscheide treffen – denkt man allgemein.

Mägi blieb sich treu. Beim Winter-Spaziergang, um den

tief verschneite Arosersee, frohren ihr fast die Füsse ab.

Das Projekt *"Tennis spielen"* wurde begraben, weil Tennisschuhe keine Absätze haben und Turnschuhe – ganz allgemein – niemals in Frage kamen. Der Tennislehrer verstand die Welt nicht mehr. Ob er dieses Erlebnis jemals verarbeitet hat, muss unbeantwortet bleiben. Im schlimmsten Fall hat er seinen Beruf an den Nagel gehängt.

Die Schuhe blieben in unserer Beziehung ein Dauerthema. Ob in der Stadt oder in den Bergen, Absätze mussten an jedem Fussschmuck vorhanden sein. Wanderschuhe oder Ähnliches standen nie zur Diskussion.

Mägis Motto: *"Schuhe müssen nicht praktisch oder bequem sein – nur schön!"*

Dieses Motto stand bei jedem Neukauf im Vordergrund. So wurde auch die Grösse nicht zum Thema. Fand sie einen Favoriten im Schuhgeschäft, durfte es auch Grösse 36 sein, obwohl sie in Wahrheit die 38 benötigt hätte. Diese Angaben sind ohne Gewähr. Genau weiss ich es eigentlich bis heute nicht. Diskussionen um Schuhgrössen kamen gar nie auf. Ein schöner Schuh passte ganz einfach, egal wie gross oder klein er war.

Allerdings – jammern über zu enge oder zu kleine Treter waren für Mägi ein absolutes Tabu, denn: *"Schöne Schuhe können niemals Schmerzen verursachen."*

Als sich mit den Jahren unangenehme Überbeine, sogenannte Haluxe, an den Füssen bemerkbar machten, wandte sie sich an den Chirurgen.

"Der Fachmann wird meine Füsse wieder den Schuhen passend modellieren", lautete ihre Erklärung.

So änderte sich nichts am Thema *"Schuhe"*. Und ich erlebte in den vielen Jahren unserer Partnerschaft, wahre Schuhorgien. Zeitweise zierten über hundert Paar *"Manolo`s"* und wie diese heissen Treter alle heissen, unser Schlafgemach.

Fein aufgereiht standen und stehen sie der Wand entlang und warten nur darauf, dass ich versehentlich darüber stolpere oder die Katzen sie als Spielobjekt benutzen.

Mägi wurde auch in der Kunstgewerbeschule, in der ich damals meine Ausbildung absolvierte, rasch zum Kult, was mich mächtig mit Stolz erfüllte. Auf verschiedenen Anlässen hatten meine Mitschüler mitbekommen, was für aussergewöhnlich auffällige Vorzüge meine neue Freundin vorzuweisen hatte.

Die üppige, gutgeformte und bestens präsentierte Oberweite blieb nicht unbemerkt. Die meisten Mädchen waren damals schmalbrüstig oder flach gewachsen – vom exponiert bevorzugten Sichtwinkel des Mannes aus betrachtet.

Damit war, an jedem Schultag, das erste Thema vor dem Unterrichtsbeginn gesetzt. Frage über Frage prasselte auf mich nieder: "Und – wie fühlt sich`s an? Hast du wieder mit den Murmeln gespielt? Wie schmecken die frechen Nippel auf der Spitze des Berges? Kannst du uns die ganze Pracht mal in einem Bild präsentieren?"

Scheinbar gelassen, aber innerlich vor Stolz fast platzend, beantwortete ich die Fragen – soweit ich diese nicht als zu intim erachtete. Natürlich schwindelte ich da und dort, denn allzu nahe liess mich Mägi noch gar nicht ran. Aber das wollte ich den Kollegen schliesslich nicht auf die Nase binden.

Ich genoss meinen momentanen Status, hielt aber die Augen weit offen, bei Partys und sonstigen Treffen mit den Schulfreunden. Ich traute diesen Typen nicht über den Weg, wenn es um hübsche Mädchen ging.

Eine Bemerkung ist mir zu diesem Zeitpunkt der Erzählung besonders wichtig: Ich musste mich etwa zwei Jahre in Geduld üben und manchmal fest auf die Zähne beissen, bis mehr als Händchenhalten und Knutschen auf dem Programm stand. Mägi hatte ihre Prinzipien und eine klare Vorstellung von Freundschaft. Ohne den heutigen "Schnellwasch-Trend" zu kommentieren, tendiere auch ich eher zur sanften und gemächlichen körperlichen Annäherung. Aus heutiger Sicht hat sich das lange Warten und ausharren sicherlich gelohnt.

"Geduld bringt Rosen" blieb keine leere Redewendung.

Mit dem Beginn unserer Beziehung lernte ich immer wieder, mich in Geduld zu üben. Pünktlichkeit war definitiv nicht die Erfindung meiner Angebeteten.

So sass ich öfters eine Stunde oder mehr auf der Bank der Strassenbahn-Haltestelle oder lümmelte erwartungsvoll im Bahnhof-Wartesaal herum. Natürlich sank im Verlauf der Warterei die gute Laune und die Angst wuchs, dass sie mich versetzen könnte. Es gab viele Geschichten, die mein Hirn entwickeln konnte. Und nicht zu vergessen, – es gab noch eine ganze Menge gutaussehende, attraktive Jungs ausser meiner Person.

Irgendwann – nach der vierten, fünften oder sechsten Zigarette erschien meine geliebte Prinzessin. Wie gewohnt perfekt gestylt, zärtlich und verführerisch lächelnd.

Die leise Wut und die bösen Gedanken über die endlose Warterei verflogen sofort. Sie war endlich angekommen, ich hielt sie in den Armen – das süss-heisse Geschöpf gehörte jetzt nur noch mir.

Ausserdem – andere Menschen müssen und mussten sich auch in Geduld üben. Wäre ich je auf das Schauspiel *"Warten auf Godot"* aufmerksam geworden?

Die beiden Landstreicher, im Stück von Samuel Becket mussten länger leiden und wussten nicht einmal genau, auf was sie warteten.

Ich dagegen hatte ein Ziel und die Belohnung versprach süss zu werden.

Die Zeit von unserem wöchentliche Rendezvous, war natürlich immer zu schnell vorbei. Ich begleitete Mägi auf den letzten Zug. Eine kleine Strasse, beidseitig von hohen Hecken gesäumt, führte zum Bahnhof. Zur späten Stunde herrschte kaum Betrieb auf und um das Bahnhofgelände.

Das kam uns entgegen. In der Dunkelheit und im Schutz der grossen Büsche, fielen unsere Abschiedsszenen nicht auf. Wenn es nicht gerade regnete oder schneite, liess ich die Hände schon mal unter ihren Mantel gleiten, um die herrlichen Brüste zu erforschen. Enge Umarmungen und heisse Knutscherei liess die Zeit schnell vorüberfliegen. Schon rollte der Nachtzug ein und es blieb nur noch ein wehmütiges Winken übrig. Bis zum nächsten Wochenende blieben wieder ein paar Tage – nur zum Träumen.

Sechs Tage bis zu unserem nächsten Wiedersehen. Eine verdammt lange Zeit. Es gab noch keine Handys, mit deren Hilfe SMS-Liebesbotschaften durch die Lüfte transportiert werden konnten. Keine Computer zur Übertragung von Liebesschwüren per Mail oder Webcam.

Das Haustelefon an der Wand bot nicht die gewünschte Intimsphäre für Gespräche zwischen verliebten, jungen Menschen. Wände und Türen hörten vielleicht mit. Dabei muss ich meine liebe Mutter gar nicht erst erwähnen. Sie hörte selbst die Flöhe husten.

Blieb also nur noch der altbewährte Brief, mit dem unangenehmen Nachteil, dass der Weg sehr lang war. Aber es blieb die einzige Möglichkeit, in Verbindung zu bleiben.

Ich schrieb also unermüdlich Briefe und träumte, mit dem Kugelschreiber in der Hand, von besseren Zeiten.

Amor wäre bestimmt neidisch geworden, wenn er mich bei meinen Liebeswerbungen beobachtet hätte.

Ich kannte bald einmal jedes Wort, das in irgendeinem Zusammenhang mit Liebe und Gefühl stand.

Fast täglich liess ich einen Brief in den gelben Kasten beim Bahnhof gleiten. Mägi sollte spüren, dass ich in Gedanken immer bei ihr war und was sie mir bedeutete.

Liebesbriefe auf Bestellung...

Damit begann wohl auch meine Karriere als Liebesbriefschreiber. In Kollegenkreisen machten meine Fähigkeiten schnell die Runde. Mund-zu-Mund-Propaganda heizte die Anfragen ständig an. Der Bedarf war gross und ich lieferte, gegen kleines Entgelt, die süssesten Worte und Zeilen an Jeden, der meine Dienste unbedingt beanspruchen wollte.

Eine mehr oder minder zutreffende Beschreibung der Angebeteten – wenn möglich mit Bild – war die einzige Voraussetzung. Diese Dienstleistung machte mir Riesenspass.

Irgendwann wurden die ersten Medien aufmerksam. Zeitungen, Zeitschriften, Radiostationen brachten Berichte und Interviews über den *Liebesbrief auf Bestellung*.

Die Schlagzeile *"Europas einziger, professioneller Liebesbriefschreiber"* wurde von Journalisten erfunden.

Ich habe die Tätigkeit nie hauptberuflich ausgeübt. Finanziell wäre ich schnell im Abseits gelandet.

Schliesslich kam auch das Fernsehen. In Deutschland, Oesterreich, Luxemburg und natürlich in der Schweiz, bekam ich Einladungen in Talkshows und Unterhaltungssendungen.

Ich genoss die Aufmerksamkeit für mein aussergewöhnliches Hobby.

Mit der Zeit änderte sich natürlich auch mein Kundenkreis. Alle Alters- und Berufsgruppen – auch Prominenz – durfte ich fortan bedienen.

Allerdings verlagerte sich in dieser Zeit der klassische Liebesbrief immer mehr zum Problemlöser-Brief. Ich sollte zerrüttete Beziehungen kitten, Streitereien schlichten und oft aussichtslose Freundschaften anbandeln.

Diese Aufgabe erschien zwar interessant, stellte hohe Ansprüche an meine Auslegung von Partnerschaft, aber die echte Farbe der Liebe fehlte mir in diesem Geschäft. Ich bekam das Gefühl, nur noch in Grautönen zu schreiben.

Und irgendwann habe ich festgestellt, dass auch die Medien meine Aufgabe nur lustig und komisch darstellten. Ich sah mich als Clown und Spassmacher in der Berichterstattung.

War es Zeit geworden – aufzuhören?

Inzwischen hat der Liebesbriefschreiber den rosaroten Griffel auf die Seite gelegt. Mehr als vierzig Jahre in diesem heiklen, aber auch wunderschönen Business sind genug.

Für die Liebe aber, gebe ich noch immer Alles. Ich glaube an dieses magische Wort.

Camping-Freuden...

Endlich erlaubten uns die Eltern, unbeaufsichtigten Urlaub.

Unvergessliche Camping-Ferien sollten es werden. Zwei Wochen am See in der Romandie. Nur meine süsse Freundin und ich – ohne Aufpasser rund um unseren Liebestaumel. Ich freute mich lange im voraus auf die romantischen Tage und Nächte mit Mägi.

Die Ausrüstung war bereit. Ein grosses Hauszelt mit Vorraum, Schlafzelle, schützendes Vordach, gut ausgerüstete Küche mit Gaskocher, Gaslampe und ausreichendem Wasservorratssack für drei bis vier Personen. Camping-Tisch mit zwei Stühlen, damit wir gemütlich vor dem Zelt sitzen und essen konnten. Schlafsäcke und Schaumgummimatten für eine ruhige und bequeme Nacht mit oder ohne gesunden, tiefen Schlaf.

Wir waren also bestens gerüstet für alle Eventualitäten.

Dachte ich und wartete beruhigt, bis die Reise los ging.

Ein Onkel von Mägi transportierte uns und die Ausrüstung im grossen Chevrolet BelAir zum Campingplatz.

Das Wetter war uns freundlich gesinnt und die uns zugewiesene Parzelle zufriedenstellend.

Der Aufbau konnte beginnen. Ich achtete mich nicht besonders auf das Gepäck, das neben dem Platz gestapelt wurde. Meine ganze Aufmerksamkeit galt dem Aufbau der grossen Zeltkonstruktion. Eine ganze Menge Stangen, Tücher und Heringe mussten zusammengebaut und in den Boden gehauen werden.

Aber ich kam ganz gut voran und bald stand das textile Schloss. Die Einrichtung bekam ihren Platz, der Wassersack hing an der vorgesehenen Stelle, Tisch und Stühle luden zum Verweilen ein – fertig.

Stolz präsentierte ich Mägi unsere Bleibe.

Sie stand etwas rat- und hilflos neben mir, betrachtete die präsentierte Unterkunft und fragte leise: "Wo kann ich meine Kleider und Schuhe verstauen?"

"Kein Problem. Unsere Klamotten und sonstig Privates legen wir im Schlafraum an die Seiten."

Und ob es kein Problem werden sollte. Wie schon erwähnt, hatte ich mich bis zu diesem Zeitpunkt, nicht um unser Gepäck gekümmert. Doch nun liefen mir die Augen über.

Unzählige Röcke, Jupes, Cocktailkleider, BH`s, Unterwäsche, Schminkutensilien und eine Unmenge Schuhe warteten auf ein Ankleidezimmer.

Nachdem ich tief durchgeatmet hatte, versuchte ich es ganz sachte: "Wir sind auf dem Campingplatz und nicht im Firstklass-Hotel. Hier brauchst du Badehosen oder Bikini, T-Shirt und Sommerhosen. Dazu Sandaletten, obwohl du hier natürlich auch Barfuss gehen darfst."

Problem gelöst? – weit gefehlt. Sie argumentierte mich zu Boden. Was eine Frau wirklich alles braucht. Warum eine Frau ohne dies und das nicht funktionieren kann – und, und, und...

Sie hatte schlussendlich gewonnen, ich hing in den Seilen und begann damit, das Vorzelt – für die Bedürfnisse einer Frau – herzurichten.

Am Ende hingen die vielen Röcke, Jupes und Cocktailkleider säuberlich aufgereiht unter dem Zeltdach. BH`s, Schminkutensilien und Schuhe verdrängten Küche und Zubehör ins Freie oder zumindest in eine kleine Ecke.

Aber Mägi schien einigermassen zufrieden und ich war beruhigt. Wenigstens im Augenblick.

Das Abendessen im platzeigenen Restaurant liess die gute Stimmung ansteigen. Eine Band spielte unsere Musik – von Elvis, PatBoone, Ted Herold und anderen Favoriten. Der Mond leuchtete auf den ruhigen See. Ein paar Boote schauckelten im gleichmässigen Takt auf und ab. Eine Bilderbuch-Nacht wartete und wollte genossen werden.

Der Tag war lang und ermüdend gewesen. Meine Gedanken kreisten schon um den wartenden Schlafsack – aber, natürlich nicht nur...

Im geräumigen Schlafraum, konnten wir uns grosszügig ausstrecken. Aber Mägi drückte sich ganz eng an mich und flüsterte mir ins Ohr: "Kannst du draussen nicht zusperren? Ich kann nicht schlafen, wenn alles offen ist."

"Der Schlafraum ist zu. Die Reissverschlüsse habe ich rundum zugezogen."

"Ich meine das Vordach. Da kann jedermann hereinspazieren und uns zusehen."

"Beim Schlafen? Was gibt es da zu sehen. Selbstverständlich, ist dieser Campingplatz bewacht. Es ist absolut sicher hier und ausserdem werde ich gut auf dich aufpassen. Kein Grund zur Sorge."

Die Argumente gingen Mägi aber noch nicht aus. Also Zwei zu Null für das schwache Geschlecht.

Ich kapitulierte, erhob mich und liess das Vordach herunter. Die Pflöcke sicherten das straffe Tuch zusätzlich. Leicht genervt liess ich mich wieder im Schlafraum nieder, nachdem ich selbstverständlich auch die Reissverschlüsse alle wieder zugezogen hatte.

Mägi bedankte sich überschwenglich und ich war augenblicklich zufrieden, als sie sich wieder an mich schmiegte.

Ich spürte aber irgendwie, dass sie angespannt war. Und ich irrte mich nicht.

Schon stützte sie sich wieder auf und fragte flüsternd: "Hörst du das auch? – da ist jemand vor dem Zelt. Jetzt ist wieder das Geräusch da. Hörst du`s auch?"

Ich hob den Kopf, horchte in die Nacht und wollte eigentlich schon "Nein" sagen. Stattdessen erhob ich mich, öffnete die Reissverschlüsse und das Vordach. Was bedeutete, dass ich die Pflöcke und Gummiriemen der Verankerung lösen musste, um endgültig ins Freie zu gelangen.

Ein Rundgang ums Zelt ergab schliesslich, dass keine Strolche die Geräusche verursacht hatten, sondern ein Ast des nächsten Baumes über unser Zeltdach strich, angetrieben vom leichten Westwind.

Die ganze Absperrzeremonie begann von vorn. Meine Nachricht vom Ergebnis der Nachforschung, führten dann aber wenigstens zur allgemeinen Beruhigung.

Nur eines meiner Organe spielte nicht mit. Kaum hatte ich mich wieder bequem eingebettet, schlug die verdammte Blase Alarm.

Ich versuchte es mit allen bekannten Mitteln. Oberschenkel zusammen klemmen, zudrücken mit der Hand und andere Verrenkungen. Es half alles nichts.

Also stand ich wieder auf, verliess das Zelt mit allen bekannten Vorbereitungen und überquerte den halben Zeltplatz, um zur Toilette zu gelangen.

Danach war die Nacht gelaufen, meine Laune im Keller. Ich blieb lange vor dem Zelt sitzen und überlegte ernsthaft, ob ich weiter mit Mägi campieren oder gleich ins Wasser springen sollte.

Der starke Regen am nächsten Tag, lenkte meine Gedanken glücklicherweise in andere Richtungen. Ein Wassergraben musste um das ganze Zelt gezogen werden. Ein schönes Stück Arbeit – schmutzig und nass. Der Regen blieb auch über Nacht und brachte mit seinen Geräuschen weitere Gründe für etliche Kontrollen rund um das Zelt.

Das Ferienvergnügen ging dann aber doch in die Verlängerung. Sonne, Badevergnügen und viele andere Aktivitäten liessen die Unannehmlichkeiten in den Hintergrund treten.

So lohnt es sich kaum zu erwähnen, dass unser Wasservorrat immer zu knapp blieb, egal wie oft ich den Wassersack jeden Tag auffüllte. Die Information, dass sein Volumen für drei bis vier Personen ausreichen sollte, hatte ich bei der Anschaffung wohl falsch interpretiert. Oder die Hersteller kannten meine Freundin nicht. Eigentlich völlig überflüssig, sich darüber Gedanken zu machen. Ich war zufrieden, dass Mägi mich hin und wieder eine Nacht durchschlafen liess.

Kurz nach diesem Urlaub, verkaufte ich die ganze Camperausrüstung und habe bis zum heutigen Zeitpunkt nie mehr ans Campen gedacht. Ich habe aber eine Erkenntnis gewonnen: Mägi ist keine Frau die man zum textilen Wohnen überreden sollte. Ihre Abneigung muss und kann ich aber akzeptieren, weil sie sonst so herrlich verrückt ist.

Figaro, Figaro, Fiigaroo..

Was fällt mir dazu ganz spontan ein, wenn ich an Figaro denke? Nein, nicht die bekannte Oper von Wolfgang Amadeus Mozart *"Die Hochzeit des Figaro"*.

Ich denke sofort an einen alten Filmklassiker – "Der längste Tag". Nicht nur, natürlich – aber auch.

Ich habe den längsten Tag erlebt. Nicht im Krieg, aber in meiner Partnerschaft mit Mägi.

Um neun Uhr morgens begleitete ich sie in den Coiffeursalon. Starfigaro Jean wollte seine Künste am pechschwarzen Schopf meiner Freundin ausleben. Auch sein Salonpudel präsentierte sich frisch gestylt, mit farbig lackierten Fusskrallen, zum Empfang.

Nach kurzer Absprache verliess ich den mit Parfümduft geschwängerten Salon. Ich wollte im nahe gelegenen Tea Room warten.

Die aktuelle Tageszeitung, Croissants und eine Tasse duftender Espresso sollten mir helfen, die Zeit zu verkürzen und mich bei Laune zu halten. Ich hatte auch kein Problem damit, dass es schliesslich drei oder vier Tassen wurden.

Gegen zwölf Uhr mittags rief ich dann aber doch einmal bei Jean an und erkundigte mich nach dem Stand der Dinge.

Er vertröstete mich freundlich-überschwenglich auf etwas später. Die Prozedur mit der Färbung sei weitaus aufwendiger geworden, als erwartet. Er schleimte noch ein paar weitere Sätze in die Strippe, bevor er mich wieder meinem Schicksal überliess.

Was nun? Ich war schon etwas ungehalten, nach der Warterei. Ausserdem schaute die Bedienung im Tea Room schon recht auffällig, als ich nach drei Stunden Aufenthalt im Lokal, den fünften Espresso bestellte.

Inzwischen strömten nämlich die Gäste zum Mittagessen an die Tische und ich versperrte offensichtlich den nötigen Platz.

Also verschwand ich bald darauf und schlenderte unentschlossen durch die Ladenstrassen, ging dann aber zum Coiffeursalon zurück. Ich wollte mich vor Ort versichern, wie lange es noch dauern würde, bis Frauenhaare ihre Form und Farbe gefunden haben.

Inzwischen waren rund vier Stunden der haarigen Show vergangen. Zeit also, für eine Zwischenbilanz.

Emsiges Treiben empfing mich in den heiligen Hallen des Meisterfigaros. Jean tänzelte hinter einem Haarschopf hin und her. Sein Gesichtsausdruck schien leicht hysterisch, das Lächeln gequält.

"Tut mir leid, junger Freund – sie sind noch etwas zu früh. Die Création ist noch nicht vollendet. Meisterwerke brauchen viel Zeit und noch mehr Geduld," flötete er freundlich erregt, während er die Hand auf meine Schulter legte.

Er legte sich dabei auf keine Zeitangaben fest und mir

blieb keine andere Wahl, als wieder die Tür zu nehmen. Dabei musste ich allerdings bereits recht kräftig auf die Zähne beissen.

Die Mittagszeit war um, also steuerte ich die nächste Bar an. Mein Kaffeelevel war in den vergangenen Stunden bereits auf einen Höchststand geklettert. Jetzt brauchte ich dringend ein Gegengift, das meinen Gemütszustand wieder ins Gleichgewicht brachte.

Per Telefon gab ich kurz meinen derzeitigen Aufenthaltsort an Mägi weiter, setzte mich dann an die Bartheke und bestellte einen Whisky-Cola.

Das Gespräch mit der attraktiven Barmaid ging rasch zum aktuellen Thema über. Sie zeigte zwar bedauerndes Verständnis für meine leicht getrübte Laune, machte mir aber auch klar, auf welcher Seite sie stand.

Klar – schliesslich war auch sie eine Frau, was ich als Mann schwer übersehen konnte.

Ausführlich und überzeugend erklärte sie mir, was für enorme Ansprüche an ein weibliches Wesen gestellt werden und – wieviel Aufwand dies für eine Frau bedeute.

Alles klar! Hatte ich etwas Anderes erwartet von dieser Schönheit hinter der Bartheke?

Trotzdem – nach inzwischen bald sieben Stunden Warteschleife, hätte ich das Verständnis auf meiner Seite erwartet.

Ich genoss aber ihre Bemerkung: "Ihre Freundin darf sich glücklich schätzen, einen derart grosszügigen und geduldigen Mann zu haben!"

Das allein war eine Runde wert. Ich offerierte also ein Cüpli Champagner und mir den zweiten Whisky.

So schaukelte ich mich durch den Nachmittag. Unter gütiger Mithilfe der hübschen Barmaid wurde es schliesslich achtzehn Uhr und damit kam endlich der erlösende Anruf:

"Hallo Schatz, ich bin fertig. Du kannst mich abholen!"

Wauh! Ich war auch ziemlich fertig und meine Schuhsohlen fühlten sich von den Drinks leicht rund an.

Gespannt steuerte ich dem Salon zu. Ich erwartete ein Feuerwerk auf Mägis Haupt. Nach neun Stunden Meisterfigaro, mussten gigantische Resultate vorliegen.

Die Überraschung war umwerfend – in jeder Beziehung.

Tiefschwarzes Haar – so kannte ich meine Freundin und so hatte ich sie in lieber Erinnerung.

Vor mir stand nun aber ein feuerrotes, flammendes Inferno. Wahnsinn!

Ich war zu keinem Kommentar fähig – mein Unterkiefer liess sich kaum mehr hochklappen.

Die überschwenglichen Entschuldigungsversuche von Figaro Jean – wegen der Verspätung – drangen nur am Rande an mein Ohr.

In der nächsten Kneipe lieferte mir Mägi den Hintergrundbericht zur neuen Haarpracht:

Die Farbänderung war schwierig. Das schwarze Haar musste zuerst gebleicht werden. Dazu waren zwei Anläufe nötig. Dann musste die durch die Bleichung arg strapazierte Kopfbedeckung mit irgendwas und irgendwie zwischenbehandelt und beruhigt werden. Schlussendlich wurde die rote Feuerwalze aufgetragen – und fertig war das Meisterwerk.

Und das ganze Prozedere war in "nur" neun Stunden vollendet. Toll!

Der Preis wird zur Nebensächlichkeit in dieser Geschichte. Hauptsache – der Künstler war zufrieden und hat der Menschheit ein leuchtendes Zeichen hinterlassen.

Ich war mässig bis saumässig begeistert, dass ein glorreicher Tag zu Ende ging.

Vater werden ist nicht schwer...

Dann ist es halt passiert – ungewollt und unverhofft. Mägi teilte mir ihre Schwangerschaft mit. Zweifel ausgeschlossen – ich war der Erzeuger.

Wir mussten nicht lange überlegen, wann es passiert war. Das Wochenende in der Romandie. Winzerfest mit reichlich Weinkonsum und die anschliessende Nacht im "Knechtezimmmer". Aber es lag nicht am Zimmer mit dem eigentümlichen Namen. Die Geschichte mit dem Storch passte auch nicht mehr in die Zeit.

Ich erinnerte mich wieder. Am Bett fehlte ein Fuss. Als Ersatz diente eine Konservenbüchse. *"Erbs mit Rüebli"* stand auf der Etikette. Diese Büchse war beim unvermeidlich wilden Liebesspiel umgekippt und mit ihr hatte sich die Bettstatt einseitig gesenkt. Abrupt natürlich Und dieser Umstand hatte verhindert, dass ich mich früh genug von meiner Spielpartnerin trennen konnte. Der *"Koitus interruptus"* wurde durch höhere Gewalt verhindert. Ich konnte mir folglich keine schwerwiegenden Vorwürfe machen, unüberlegte Handlungen begangen zu haben. Schuld war eindeutig die unfachmännisch montierte Büchse.

Diese Erkenntnis minderte aber nichts an der Tatsache, dass ein Problem auf mich wartete. Ich sass nun in der Klemme.

Wie sag ich`s meinen Eltern? Gar nicht so einfach und meine Sorge sicher nicht unbegründet.

Aber ich musste es hinter mich bringen, so schnell als möglich.

Beim Nachtessen schob ich die Fruchtwähe auf meinem Teller gedankenverloren hin und her. Ich suchte nach Worten – nach möglichst passenden Sätzen. Dabei trafen mich immer wieder Mägis fragende Blicke und ich wurde immer nervöser. Fast hätte ich die Kaffeetasse umgestossen.

In meinem Kopf schoben sich alle möglichen Erklärungsmöglichkeiten durcheinander. Den Text hatte ich beisammen, nur die Eröffnungsworte fehlten.

Eine ungeheure Spannung lag in der Luft. Das Knistern der fliessenden Energien war fast hörbar.

Plötzlich löste sich die innere Verkrampfung und es sprudelte förmlich aus meinem Mund:

"Ich muss euch etwas Wichtiges mitteilen!" wandte ich mich entschlossen, mit erhobenem Blick in die Tafelrunde. " Mägi erwartet ein Kind!"

Meine Schwester sagte nichts. Sie war bereits informiert und beobachtete die Situation still aber sichtlich angespannt.

Vater fragte ganz ruhig: "Von wem?"

Mutter sah mich erstaunt an, erhob sich langsam und sank bewusslos auf den Küchenboden.

Totenstille herrschte ein Moment lang. Dann begann emsiges Treiben. Mutter wurde im Schlafzimmer aufs Bett gelegt. Mein Vater legte ihr ein feucht-kaltes Tuch auf die Stirn und hielt ihre Hand.

Panik brach keine aus, weil jeder im Raum Mutters Reaktionen in solchen Situationen kannte.

Sie war auch rasch wieder auf den Beinen. Die Lage wurde ruhig und sachlich analisiert und beschlossen, dass wir bald heiraten sollten – noch vor der Geburt des Babys.

Es war kein kleiner Stein, der mir von der Brust fiel. Ich

atmete tief durch und umarmte erleichtert meine kleine
Mägi.

1965 wurde also ein turbulentes Jahr. Im Februar musste
ich in die Rekrutenschule. Siebzehn Wochen Drill. Keine
erbauende Aussicht. Zuhause die schwangere Freundin,
eine Hochzeit musste organisiert und eine Wohnung mit
Job gefunden werden.

Ausserdem brauchte ich eine Ehemündigkeitserklärung
des Regierungsrates, da ich das zwanzigste Lebensjahr
noch nicht erreicht hatte. Einiges an amtlichem Schreib-
kram wartete also noch auf mich.

Mägi und ich wollten den neuen Lebensabschnitt in der
französischen Schweiz starten. Wir wollten etwas Di-
stanz zwischen uns und die Familie bringen.

Unsere Entscheidung, brachte mir einige Vorteile in der
anstehenden Militärzeit. So gab es immer wieder hand-
feste Gründe, ein Urlaubsgesuch einzureichen.

Einmal war es das Vorstellungsgespräch für eine Arbeits-
stelle, dann eine Wohnungsbesichtigung oder die
Vorladung eines Amtes. Hin und wieder rief auch Mägi
im Kompaniebüro an und verlangte meine Anwesenheit,
weil sich irgendwelche Komplikationen bei ihrer

Schwangerschaft zeigten. Sie wohnte bereits bei Verwandten in der Romandie.

Die Hochzeitsfeierlichkeiten, mit Postauto-Ausfahrt, kirchlichem Ritual und Abendessen organisierte meine Mutter. Die ganze Verwandschaft von beiden Seiten begleitete uns ins zukünftige Eheleben.

Viel Kredit auf Dauerhaftigkeit dieser Partnerschaft gab uns kaum einer. Trotzdem wurde es ein ganz akzeptabler Tag, obwohl Schnee, Regen und kühle Temperaturen nicht freundlich mitzogen.

Die Hochzeitsnacht spielte sich im unromantischen, überladenen und unpersönlichen Zimmer meiner Schwiegereltern ab und endete am übernächsten Tag in der Militärkaserne beim Frühappell.

Klingt nicht gerade wie im Märchen, war aber auch nicht zu ändern.

Überleben...

Wie war das doch damals, als ich frisch verheiratet – knapp an klingender Münze – die Freizeitgestaltung organisieren musste? Herrlich amüsant, wenn auch erst in der Erinnerung, ein paar Jahre nach dem Erlebnis.

Es war Zahltag. Was ich verdient hatte brachte ich im Zahltagstäschchen nach Hause. Aus der Schublade kramten wir die zahllosen Rechnungen, die sich im Laufe des Monats angesammelt hatten und wiegten ab, was bezahlt werden musste, was bezahlt werden sollte und was beglichen werden konnte. Die Einnahmen- und die Ausgaben-Seite lagen ständig im Clinch. So wurde jedes Monatsende zum Bingo mit dem grünen Einzahlungs-Papier. Es gab nicht viele Gewinner in unserem Spiel. Die Miete natürlich, einen Beitrag an die Telefongebühren, damit die Quaselstrippe nicht stumm wurde, eine Versicherungspolice, die schon weit über die Zeit unter dem unangenehmen Stapel lag.

Das war die Auslosung gewesen, die eigentlich nur Verlierer kannte. Schliesslich mussten ein paar Franken übrig bleiben für die Babynahrung. Unser kleiner Prinz stand in der Rechnung an erster Stelle.

Die Addition war rasch gemacht. Soll und Haben standen sich auch an diesem Tag wieder recht unausgewogen gegenüber. Die Schlussbilanz sagte uns, dass der kommende Monat möglichst keine dreissig Tage zählen sollte.

So sassen wir vor dem letzten, übriggeblieben Geldschein und fragten uns jedesmal von Neuem, was er uns an Freude überhaupt schenken konnte. Uns Beiden? Nichts!

Aber wir behielten die Fähigkeit, auch in knappen Zeiten

die Phantasie spielen zu lassen. Zudem waren wir uns einig, dass der Mensch neben den Pflichten auch ein Herz und ein Gemüt hatte. Und dieses Gemüt brauchte auch sein Futter.

Also rein in die Klamotten und auf ins pulsierende Nachtleben. Für Beide reichte der Geldschein nicht, aber wir hatten in der Vergangenheit eine Meisterschaft für solche Situationen entwickelt. Getrennt betraten wir den Nachtclub, ohne auf gemeinsames Vergnügen verzichten zu müssen. Die männlichen Gäste übertrumpften sich schon bald gegenseitig mit Einladungen zum Drink für Mägi. Ein Tanz musste natürlich drinliegen und später würde sich sicherlich der spendierte Champagner noch weiter auszahlen. So kalkulierten die grosszügigen Charmeure wohl im düsteren Licht der Bar. Natürlich beobachtete ich die Dinge eifersüchtig und aufmerksam. Und wenn es eine Pause zuliess und ich den Zeitpunkt erwischte, blieb auch für mich ein Tanz mit der begehrenswerten Frau, die ich natürlich nicht kennen durfte. Trotzdem amüsierten wir uns beide recht gut, bis die nächtliche Sperrstunde kam. Dann forderten die aufgebauten Gockel ihren Lohn für das teure Champagner-Vergnügen.

Bis aber jeder die Zeche an der Bar beglichen hatte, waren Mägi und ich bereits auf dem Heimweg. Oft allerdings nur auf Umwegen, denn irgendwann gingen auch den Betrogenen die Lichter auf und dann jagten sie uns durch die Stadt wie wilde Löwen, denen eine Hyäne ihre Beute gestohlen hat.

Erst in den sicheren vier Wänden unseres Heims löste sich die Spannung wieder und dann freuten wir uns spitzbübisch über den gelungenen Coup. Und diese Freude reichte wieder bis zum nächsten Monatsende-Bingo.

Das Erwachen am nächsten Morgen verlangte allerdings bereits den nächsten Phantasie-Anfall. Die unterhaltsame Nacht war Vergangenheit. Nacktes Überleben beherrschte die Tagesordnung und ein wichtiger Punkt auf der Traktanden-Liste war die Frage, woher kommt das Geld für das nächste Mittagessen?

Unser kleiner Hund war auch nicht geschaffen, um von der Liebe zu leben und in der Babynahrungsbüchse wurde schon wieder der Blechboden sichtbar.

Aus dem Kühlschrank ragten nur gewaltige Salamibrokken, Geschenke unserer Bekannten und Verwandten, die erkannt hatten, dass ihre Lotto-Gewinne bei uns wohl am besten investiert waren. Nur bekam ich inzwischen bereits Pickel beim Gedanken an den Kühlschrank. Salami mit Kartoffeln, Nudeln mit Salami, Salami mit Reis oder ein Salamibrot. Unser vielseitiger Menuplan liess sich wirklich nur noch mit einer gehörigen Portion Phantasie lesen.

Doch auch heute kam uns eine gute Fee zu Hilfe. An diesem Abend wurde bei einem Verwandten wie jede Woche, Bridge gespielt. Die Einsätze waren zwar hoch und die Mitwirkenden verstanden ihr Handwerk. Aber, schliesslich brauchte keiner zu wissen, dass wir völlig blank waren und zweitens - wir durften nicht verlieren.

Also war unsere Strategie zum vornherein klar. Gewinnen um jeden Preis, auch wenn dieser Preis "schummeln" bedeutete. Mägi würde es schon richten. Sie war schliesslich ein Meister im Schummeln - natürlich nur im Spiel.

Und wie es das Schicksal so wollte, wir schummelten uns durch den Abend und beendeten das Spiel irgendwann mit einem Geldschein in der Tasche. Der morgige Speisezettel konnte also geschrieben werden, wenn auch der unvermeidliche Salami nicht im Kühlschrank verborgen blieb.

Manchmal wurde uns an einem solchen Abend noch ein Zusatzeinkommen angeboten. Vom offerierten Nachtessen waren noch mindestens zwei Liter *"Chili con Carne"* übriggeblieben. Ein weiterer Geldschein war zu gewinnen, wenn jemand diesen Rest in seinen schon übervollen Magen packte. Diese Chance konnten und wollten wir uns natürlich nicht entgehen lassen. Der ausgesetzte Preis gehörte uns.

In dieser Nacht mussten wir allerdings noch einiges ertragen. Ich schleppte Kübel ans Bett und Mägi kotzte sich die Eingeweide aus dem Leib.

Und wenn sich die körperlichen Übel in Einklang mit der Seele gefunden hatten, blieb auch wieder Zeit für ein herzhaftes Lachen und Freude über den gelungenen Spielgewinn.

Natürlich reichten diese Einnahmen noch nicht über den Monat. Einer der folgenden Tage hatte auch schon wieder eine leere Seite im Speiseplan.

Baustellen wurden zum Ziel für die nächste Lösung dieses Problems. Sobald die Nacht über der Stadt hereinbrach, schlich ich mich auf die verlassenen Überbauungen und sammelte die leeren, herumliegenden Bierflaschen der durstigen Bauarbeiter ein. So bekam für mich ein Sprichwort eine ganz besondere Bedeutung: *"Das Geld liegt auf der Strasse. Du brauchst es bloss aufzuheben!"* Mit dieser Aussage brachte ich des öftern mein schlechtes Gewissen zum Schweigen. Schliesslich hatte ich von meinen Eltern einmal gelernt, dass sich das Stehlen nicht auszahlt.

Der kleine Comestible-Händler in unserer Nähe, gab mir für das leere Flaschenpfand jedoch ein paar silberne Geldstücke und auf unseren Menuplan kamen schlussendlich die unvermeidlichen Zutaten zum nicht enden wollenden Salamifest.

Die Jagd nach den Moneten hatte mich irgendeinmal mürbe gemacht und endete in der verrückten Idee, einen Pakt mit dem Teufel zu schliessen. So brauchte es nur noch den kleinen Hinweis aus den Medien und ich war endgültig einer verrückten Idee verfallen: Das Reizwort hiess "Organhandel".

Es wurde zur ernsthaften Überlegung, die Finanzmisere endgültig vergessen zu machen. Ein Wahn hatte sich in meinem Hirn festgesetzt.

Nur - ich spielte nicht mit dem Gedanken, einen Handel mit Organen anderer zu betreiben. Ich wollte nicht Unschuldige ans Messer der geldgeilen Chirurgen aus der Fernsehsendung liefern.

Die betuchten Patienten, auf der Suche nach dem schnellen Ersatz, sollten mir ein Organ abkaufen. Schliesslich besass ich zwei Nieren, zwei gesunde Netzhäute über den Augen und von all diesen Teilen, hatte ich nur eines nötig, um zu existieren.

Was nützten mir zwei sehende Augen, wenn nicht einmal ein Geldschein zu begutachten blieb. Ein Auge reichte, um einen Berg Moneten problemlos zu überblicken.

Ich war besessen von der Idee. Alle anderen Möglichkeiten zu Geld zu kommen, waren bisher gescheitert. Das Wasser stand mir buchstäblich bis zum Hals. Nichts, aber auch gar nichts bot sich an, aus der misslichen Lage zu schlüpfen.

Nur ein Hindernis stand zwischen meinen Überlegungen: Meine Familie. Doch wie es meine Art war, schob ich dieses Problem zuerst einmal zur späteren Erledigung auf die Pendenzenliste. Die Lösung der ständig anstehenden Finanzkrise würde die übrigen Fragen von selber auflösen.

Also spann ich weiter an meiner Idee und knüpfte den ersten Kontakt. Es war nicht schwierig, den Einstieg zu finden und die ersten Bande zu schmieden.

Die kleine Anzeige in einer niederländischen Zeitung löste sofort das gewünschte Echo aus.

"Eine Netzhaut oder eine Niere? Sie brauchen es - ich besitze sie. Wir könnten ins Geschäft kommen."

Ein paar eiskalte, berechnende Worte für eine grosse Sache. Der Teufel musste mich reiten, dass ich derart hemmungslos und kaltschnäuzig mit meiner Gesundheit handeln wollte. Doch in dieser Phase meines Lebens, gab es andere Prioritäten als das wertvolle Leben an sich.

Ich glaubte und dachte nicht an das Leben, nur ans Überleben. Objektives Denken war ausgeschaltet. Träume und Schäume beherrschten meine Sinne. Die sorglose Zukunft stand vor meinen getrübten Blick geschrieben.

Und so sprach ich schon bald, wenn auch vorerst nur am Telefon, mit einem dieser geschäftstüchtigen Chirurgen. Mägi war über meine Idee nicht informiert und der Deal hat sich glücklicherweise im Sande verlaufen.

In jener Zeit – im direkten Erleben kein Spass. Doch im Nachhinein lacht die Salamistange zum Glück nur noch in der Auslage der Metzgerei und ich musste die Wurst nicht mehr in den Kühlschrank würgen. Heute sind Bilder solcher Erinnerungen nur noch zum Todlachen.

Wir haben unzählige Experimente gewagt, um die Haushaltskasse zu sanieren.
Witzzeichnungen für Zeitungen und Zeitschriften brachten nicht das erwünschte Ergebnis. Vielleicht waren die Voraussetzungen für ein solches Unterfangen, in unserer miesen Lage, nicht humorfördernd genug.
Auch das lukrative Angebot zum Goldschmuggel fiel ins Wasser. Kurz vor meinem ersten Einsatz flog das Unternehmen auf. Ob das Schicksal mich vor schlimmen Folgen bewahrt hat? – Wer weiss das schon?
Ein Secondhandhandel mit ausgetragenen Klamotten, von Stars und Sternchen aus dem Showbusiness, scheiterte kläglich. Das nötige Kleingeld liess grüssen.
An Kreativität und Ideenreichtum hat es jedenfalls nicht gefehlt.
Aber – wir haben nie aufgegeben und Mägi hat immer mitgezogen.

Im PS-Rausch...

Ein erwähnenswertes Kapitel in der Beziehung zwischen Mann und Frau, ist vielfach auch das Auto und dabei vor allem der Dialog während einer gemeinsamen Fahrt.

Fahr ich zu schnell oder zu weit links auf der Fahrbahn? Vielleicht doch zu weit rechts? Hab ich Vortritt oder doch der Andere? Ist mein Fahrersitz zu nah am Steuer?

Die Verkehrsvorschriften geben mir die Rechte, Pflichten und Verbote zwar vor, aber – auf dem Beifahrersitz kontrolliert oft die Frau die Bewegungen auf der Strasse und natürlich mich, den Driver.

"Warum hälst du hier an und biegst nicht ab? Wir waren doch zuerst da!" Eine berechtigte, aber auch überflüssige Frage. Das Stopschild beantwortet alle Unklarheiten – eigentlich.

Sie aber ist anderer Meinung: "Ich wäre sofort abgebogen". Kein Kommentar.

"Warum fährst du nicht diese direkte Strasse zum Schuhladen?"

Logische Gegenfrage: "Siehst du die runde, rote Tafel mit dem schwarzen, waagrechten Balken?"

"Ja – und?"

"Sie bedeutet, dass dies eine Einbahnstrasse ist und von dieser Seite her nicht befahren werden darf".

"Gilt das für Alle?"

"Natürlich - sonst würde nicht dieses Schild hier stehen

und jeder dürfte fahren, wie und wo es gerade gefällt".

"Aber ich bin doch eine Frau, also kann ich hier durchfahren".

"Siehst du auf dem Schild eine männliche Figur. Über oder unter dem Balken?

"Nein. Brauch ich als Frau auch nicht!" Ende, Amen, Aus. So sieht Frauenlogik im Strassenverkehr aus.

Weiter geht die Reise. Wieder ein Bremsmanöver – vor einem Fussgängerstreifen. Eine Frau mit Kinderwagen überquert die Strasse. Kein Komentar vom Beifahrersitz. Nächste Kreuzung. Ein Fahrzeug kommt von rechts. Ich verlangsame meine Fahrt und lasse Rechts die Vorfahrt. Logischerweise und gezwungenermassen. Aber diesmal mit Kommentar.

"Wieso hast du nicht Gas gegeben? Das hätten wir locker vor dem Angeberwagen da vorn geschafft".

"Möglich, aber ich wollte lieber auf Sicher gehen. Ausserdem haben wir Zeit!"

"Ich wäre durchgefahen!"

"Und wenn es kracht?"

"Der Lenker im andern Fahrzeug ist ein Mann. Also, gibt es nur eine Antwort: Die Frau hat immer Vortritt!"

Solche Erinnerungen kommen zwangsweise wieder auf, wenn diese Frau Autofahrstunden nehmen will und ich liebenswürdigerweise zeitweise den Fahrlehrer spielen muss.

Einwände und irgendwelche Diskussionen würden aussichtslos bleiben. Durch diesen Tunnel musste ich durch und immer schön gelassen bleiben, soweit die strapazierten Nerven halten würden.

Einsteigen, erste Instruktionen. Kupplung, Bremspedal, Gaspedal. Und die ersten Diskussionen beginnen:
"Warum können die Autodesigner nicht Absatzfreundliche Pedalen konstruieren. Schliesslich fahren nicht nur Männer in den Autos. Daran hätten die Konstrukteure unbedingt denken müssen. Oder hat das etwas mit Frauenfeindlichkeit zu tun." Ein tiefer Seufzer mit der anschliessenden Bemerkung: "Ich könnte es jedenfalls so empfinden – oder etwa nicht?"
Kein Widerspruch meinerseits.

Nebenbei kurz bemerkt: Die offiziellen Fahrlehrer, die in der Folge auf dem Beifahrersitz Platz nahmen, waren kaum zu beneiden.
Mägi versuchte es auch bei den Profis mit Stöckelschuhen. Als sie damit unter dem Gaspedal hängen blieb, gab ihr der mit Filzpantoffeln bestückte Ausbilder einen Fusstritt in die Wade.
Der arme Mann wurde – zum eigenen Vorteil – ausgewechselt. Näheren Kontakt zur Fahrlehrergilde pflegte ich nie, so dass ich über deren Zustand und Zukunft keine Angaben machen kann.

Ich führte also meine Instruktionen weiter: "Licht, Standlicht, Abblendlicht, Scheinwerfer, Scheibenwischer vorne, Scheibenwischer hinten, Heizung..."

Genervte Unterbrechung. "Glaubst Du, ich kann mir das alles merken? Ausserdem brauchen wir jetzt im Hochsommer keine Heizung, – auch keine Scheibenheizung. Zuerst muss ich das Fahrzeug starten, losfahren und in die Garage stellen können. Dann kann ich weitere Details brauchen".

Klar doch! Und immer schön cool bleiben.

Also dann. Gang raus, Zündschlüssel drehen, Kupplung drücken und Gang rein.

Hoppla! Das Auto nimmt einen Sprung nach vorn und bleibt dann glücklicherweise stehen. Der Motor war abgewürgt. Ich konnte mich am Armaturenbrett auffangen. Gurte schützten damals noch keine. Ob die Frauen den Ausschlag gaben, für die Einführung der Gurtenpflicht, sei dahin gestellt.

Ich erinnere mich in diesem Zusammenhang an eine spätere Episode.

Eine Polizeikontrolle bemängelte, dass Mägi unangeschnallt auf dem Beifahrersitz sass. Normalerweise hatte dieses Versäumnis eine Busse von vierzig Franken zur Folge. Sie wehrte sich aber und fragte den Polizisten: "Zeigen sie mir, wie ich diesen Gurt über meinen Busen ziehe ohne mich dabei zu verletzen?" Sie simulierte einen solchen Vorgang mit dem Ergebnis, dass der Beamte unsicher wurde und sichtlich irritiert war. Er holte seinen Kollegen zu Hilfe. Zu zweit schauten sie sich Mägi`s Bemühungen aufmersam an und beschlossen schliesslich, dass sie auf eine Anzeige ausnahmsweise verzichten würden. Mit dem Versprechen der Delinquentin, dass sie sich um die Lösung des Problems kümmern sollte.

Glück gehabt. Es zeigte aber auch auf, wie überzeugend Mägi ihre Anliegen vorbringen konnte.

Die Fahrschule ging im zweiten Anlauf in die rollende Phasc. Im ersten Gang sich langsam an die nächsten Stufen heran tasten. Das blieben aber nur meine Gedanken.

Ruhig und gelassen wies ich darauf hin, dass dieses Auto mit vier Vorwärtsgängen ausgestattet wurde und jeder Einzelne von ihnen eingelegt werden kann. Keine Reaktion von der Fahrerinnenseite. Nur das Motorengeräusch wurde immer lauter und schriller.

Ich verlor etwas an Contenance und forderte: "In den zweiten Gang schalten. Das Getriebe wird bestimmt dankbar sein."

Mägi bremst das Fahrzeug brüsk ab, bleibt mitten auf der zum Glück wenig befahrenen Nebenstrasse stehen, schaut mich vorwurfsvoll an und bemerkt: "Ich schalte wann ich will und nicht, wenn du es befiehlst."

Mir fehlten in diesem Augenblick die Worte, was allerdings ziemlich unwichtig war. Geändert hätten die ausgesuchtesten Erklärungen nichts.

Auf dem Rückweg benutzte sie dann trotzdem mindestens drei der vier vorhandenen Schaltmöglichkeiten. Die Situation beruhigte sich im Wagen, bis kurz vor dem Haus.

Eine kleine Biegung mit einer robusten Natursteinmauer auf der rechten Seite, führte zum Abstellplatz vor dem Haus. Die Aussicht schien gegeben, dass dieses erste Lehrfahrabenteuer unfallfrei über die Bühne ging.

Ich hatte die Rechnung aber ohne die Mauer gemacht.

Als ich bemerkte, dass Mägi das Lenkrad zu früh abdrehte, war es schon zu spät. Die Stosstange und der Kotflügel gingen mit den schweren Steinen in einen knirrschenden Konflikt über.

Der fällige Komentar liess nicht auf sich warten: "Was greifst du mir ins Steuer? Ohne dein Zutun wäre ich lokker und sicher an dieser Mauer vorbei gekommen!"

Aber sicher doch. Hauptsache wir sind gesund und keine Menschen oder Tiere sind zu Schaden gekommen.

Nach ein paar Tagen, hatte sich alle Aufregung über den kleinen Mauer-Crash wieder gelegt.

Die Ausbildung konnte mit neuem Elan weiter gehen.

Einparken in allen Variationen. Nicht weniger aufregend und Adrenalinanreichernd.

"Zuerst vorwärts einparken. Diese Methode denke ich,

ist relativ einfach. Stell Dir vor, sechs oder mehr Kühe stehen im Stall nebeneinander. Zwischen der Ersten und der Dritten ist der Platz noch leer, dann ist das dein Parkplatz." Diese Worte waren nicht mit Bedacht gewählt oder das Beispiel mit den Kühen war fehl am Platz. Die Reaktion jedenfalls fiel dementsprechend aus.

"Willst Du damit andeuten, dass ich eine Kuh bin. Typisch Mann! Warum sagst Du nicht, dass sechs oder mehr Autos nebeneinander stehen und der Platz zwischen dem ersten und dritten Auto noch frei ist. Dann stelle ich mein Auto nämlich auf den freien Platz zwischen den Autos und nicht in den Kuhstall. Schliesslich bin ich nicht so doof und kann zwischen Ford und Kuh unterscheiden."

Ich hatte die Lektion verstanden. Dabei wollte ich sie auf keinen Fall beleidigen oder diskriminieren. Meine Beispielwahl war einfach etwas unglücklich ausgefallen. Kühe, Ziegen und andere Tiere, vorwiegend solche aus der Landwirtschaft stammend, wurden aus meinem Lexikon gestrichen.

Vor, zurück, hin und her. Das Lenkrad früher einschlagen oder doch später. Aber entweder stand das Auto zu nah am rechten Wagen oder der Beifahrer des linken Fahrzeuges hätte nicht aussteigen können. Die Übung wurde erfolglos abgebrochen.

Nicht von mir. Meine Nerven waren zwar schon spürbar

dünn geworden, aber ich wollte den Versuch noch nicht abbrechen.

Aber sie begründete die sinnlosen Versuche mit der tiefgründigen Logik einer Frau:

"Wozu soll ich mir solch läppische Einparkmanöver aneignen und dabei eventuell den ganzen Verkehr behindern? Es gibt genug Männer, die meinen Wagen in die Parklücke stellen, wenn ich darum bitte. "Schliesslich bin ich eine Frau!"

Diese Taktik gab Mägi später an ihre Freundinnen weiter. Wenn sie gemeinsam unterwegs waren, irgendwo eine nicht ganz so grosse Parklücke lockte, versuchten sie ihr Glück. Wie ich vernahm, hinterliessen sie ziemlich verdutzte Männer, waren in ihrem Unterfangen aber durchaus erfolgreich.

Mägi hat nach bestandener Theorieprüfung aufgegeben. Kurz vor dem praktischen Fahrexamen. Ihr Statement: "Wozu brauche ich eine beglaubigte Fahrbewilligung. Ich kann fahren und schliesslich bin ich eine Frau!"

Und ich muss, trotz noch immer vorhandener Skepsis gestehen: sie war eigentlich eine ganz gute Driverin, wenn sie nicht gerade "eine Frau" war.

Das Thema Autofahren wurde immer mal wieder aktuell diskutiert. Die Meinung in der Familie blieb aber eigentlich immer konstant. Selbst unsere Söhne rieten ihrer Mutter: Lass die Finger vom Lenkrad. Vielleicht gibt es im nächsten Leben, glücklichere Voraussetzungen für Autofreaks von deinem Schlag.

Nach einem kurzen Schlagabtausch zum Für oder Gegen, blieb die "Unendliche Geschichte" für einige Zeit unter der Decke.

Zu einem späteren Zeitpunkt versuchte es Mägi mit dem Fahrrad.

Nun mögen viele denken, dass diese Variante der Fortbewegung eine kluge Entscheidung war. So kann aber nur jemand denken, der es nicht erlebt hat.

Neben dem Gleichgewicht auf zwei Rädern, gibt es auch noch die diversen Bedienungselente wie Bremsen, Gangschaltung, Klingel und ähnliches. Beherrscht werden sollte aber auch das einhändige Bedienen der Lenkstange, damit mit dem freien Arm ein Richtungsänderungszeichen gegeben werden kann.

Solche Ansprüche führten bereits zu den ersten Komplikationen.

"Ich kann doch nicht gleichzeitig auf die Fahrbahn schauen, den Lenker halten, die Klingel bedienen, bremsen und dazu noch in die Pedalen treten", beschwerte sie sich in typischer *"Ich bin doch eine Frau"*-Manier.

Klar doch! Also geht sie den übrigen, platzraubenden Verkehrsteilnehmern grosszügig aus dem Weg und fährt mit dem Fahrrad auf dem Gehweg.

Aber wie das halt so ist, stehen irgendwann drei Frauen

auf dem Gehweg, schwatzen rücksichtlos über Gott und die Welt – bis Mägi mit dem Rad auftaucht.

Das kleine Kind, das hinter den drei Frauen spielt, kann noch zur Seite steppen. Der Rest reagiert zu spät.

Einkaufstaschen, schimpfende Frauen und ein Fahrrad bilden schlussendlich einen wüsten Haufen.

Mittendrin trohnt Mägi. Sie entschuldigt sich, allerdings nicht ohne vorwurfsvollen Unterton: "Ich habe doch gerufen, dass ich komme. Warum haben die nicht Platz gemacht. Ich konnte unmöglich auch noch klingeln und die Bremsen habe ich in dem Moment gerade auch nicht gefunden".

Was soll`s? Hauptsache es gab keine Toten oder Verletzte.

Auch der zweite, ernsthaft gemeinte Versuch in dieser Disziplin ging daneben. Doch ist dieser Vorfall kaum erwähnenwert, war der Betroffene doch nur ein Motorradfahrer.

Ich bin noch heute sicher, dass der arme Kerl an seine damalige Schuld immer noch fest glaubt, obwohl er Rechtsvortritt hatte. Das klärende Unfallgespräch mit Mägi hat ihn für alle Zeiten überzeugt.

Trotzdem übernahm sie grosszügig den Schaden am eigenen Fahrrad.

Die Idee, das Autoticket doch noch nachzuholen, ist in Mägi`s Gedanken niemals endgültig gelöscht.

Die Vorschläge unserer Söhne, es mit einer ungefährlichen Gehhilfe zu versuchen, stösst allerdings auf wenig Begeisterung. Obwohl auch diese Geräte mit Rädern erhältlich sind und im modernen Styling präsentiert werden.

Die beste Freundin...

Freundinnen mögen viele Aufgaben erfüllen und sind für eine Frau ein wertvolles Gut. Gespräche von Frau zu Frau sind neben dem üblichen Tratsch über Mode und Lifestil eine wichtige Ventilfunktion, um Beziehungsdampf abzulassen. Weibliche Geschöpfe vertrauen sich jedes noch so intime Detail an. Das Vertrauensverhältnis ist ungemein viel höher, als in der heterosexuellen Beziehung. Die beste Freundin weiss meist alles über die Freuden und Leiden einer Beziehung der andern. Gut, dass es solche Freundschaften gibt unter den holden Amazonen, solange diese im Rahmen der Tatsachen bleiben.

Wenn sie zu engmaschig wird, sind unangenehme Folgen für den männlichen Part programmiert. Dann fliessen möglicherweise auch Klatsch in die tatsächlichen Informationen ein. Diese können dann zu unliebsamen Konsequenzen führen. Ärgerlich auch dann, wenn die Absicht nicht bösartig sein sollte.

"War es gestern Abend unterhaltend in der Stadt?" eine völlig unverfängliche Frage aus dem Mund der Partnerin.

"Warum?"

"Die Freundin einer Freundin von Anna hat dich in der Haifisch-Bar gesehen!"

"Unmöglich! – Ich war beim Fussballspiel im Stadion."

Kurze Pause. Mägi blättert in einer Zeitschrift, als wäre das Gespräch nur eine unbedeutende Nebensache.

Aber dieser Eindruck täuscht über die Intensität ihrer Gedankenwelt weg. Die Situation ist explosiv und die Ruhe nur Schein. Jeden Moment kann der Vulkan wieder Feuer und Asche speien.

Solche Diskussionen dauern manchmal endlos. Den wertvollen Freundinnen und dem damit unvermeidlichen Tratsch sei Dank.

Eine der Freundinnen ist nicht aus Mägis Geschichte wegzudenken – Anna. Viele Gemeinsamkeiten verbinden die beiden Frauen.

Und doch ist Anna anders. Vielleicht noch etwas verrückter – aussergewöhnlich auf jeden Fall.

Schwierig zu beschreiben, ohne Gefahr zu laufen, sie mit den beschreibenden Worten zu beleidigen.

Obwohl ich glaube, dass gerade bei ihr, das Risiko gar

nicht besonders hoch ist.

Sie urteilt nicht, akzeptiert andere Ansichten, Einstellungen und Verhalten. Sie missioniert nicht mit ihren eigenen Vorstellungen.

Anna schaut in die Karten, versucht Menschen und Tiere zu verstehen – ist auf der Suche nach ihrer Religion.

Wenn sie glaubt, auf der Suche fündig geworden zu sein, dann lebt sie diese Überzeugung ohne *"wenn... und aber..."* Dabei ist aber auch eine Abkehr oder Kehrtwende jederzeit möglich.

Eine aussergewöhnliche Freundin seit vielen Jahren. Ein bunter Vogel.

Ich machte den Chauffeur, wenn die zwei ihren wöchentlichen Ausgang zelebrierten.

Gemeinsam stöckelten dann zwei mehr oder weniger Verrückte durch das Nachtleben und mischten die Lokale auf.

Mägi fungierte als eine Art Blindenhund und führte die stark sehbehinderte Anna über mögliche Klippen im Grosstadt-Dschungel.

Ein farbiges Duo in jeder Beziehung. Selbstverständlich immer in extremen HighHeels und – vor allem Anna – in auffälligen Klamotten und extremer Kriegsbemahlung. Das rührte daher, dass sie beim Auflegen von Makup, die entsprechenden Punkte – mangels Sehvermögen – nicht wunschgemäss traf. Dabei verschwamm öfter mal die Grenze zwischen Lippen und Kinn oder Augenbrauen und Stirn.

In einem Tanzlokal möchte der Kellner die Bestellung aufnehmen. Anna kann ihn trotz eindeutiger Montur nicht erkennen. "Danke, ich möchte nicht tanzen!"

Mägi klärt den verunsicherten Mann umgehend auf und rettet die Situation.

Es kann aber auch passieren, dass Anna eine ihrer Linsen verliert. Dann entdeckt ein verwirrter Ober vier Beine und zwei Hintern, die unter dem Tisch verzweifelt die Nadel im Heuhaufen suchen.

Sucht sie das *"Stille Örtchen"* auf, besteht die latente Gefahr, dass sie ihren angestammten Tisch nicht mehr findet und sich an einem Nachbarstisch niederlässt. Ratlose Gäste bleiben zurück.

Wenn sie sich nicht Aug` in Auge begegnen können, kommunizieren sie über das Kabel. Und eine Verbindung über die Quaselstrippe, kann zur unendlichen Geschichte werden.

Ein Anruf ging ein, als ich mich nach dem Mittagessen wieder zur Arbeit aufmachte. Bei meiner Rückkehr nach Feierabend, mussten die Ohren der beiden mindestens entzündet sein. Das Gespräch war aber noch in vollem Gange. Wenn ich unter die Bettdecke schlüpfte, leuchtet das rote Licht an der Dokingstation noch immer. Das Ende des Marathons erlebte ich nicht mehr im wachen Zustand.

Anna ist eine fest verankerte Figur in Mägis Leben geworden. Und ich glaube, dass sich diese zwei *"Verrück-ten"* unbedingt finden mussten.

Eifersucht...

Auch ich hatte meine Anfälle von krankhafter Eifersucht. Die weitverbreitete Ansicht, dass mein Partner auch mir gehört – für immer und ewig – war wohl das Ergebnis der damaligen Erziehung. Vor dem Traualtar mussten Mann und Frau ewige Treue schwören. *"...bis dass der Tod euch scheidet,"* hallten die Worte des Pfarrers mahnend durch der Kirche.

So litt ich zeitweise Höllenqualen, wenn Mägi mit ihrer Freundin im Ausgang war. Ich malte die wildesten Bilder ihres Tuns an die Wand und hatte keine ruhige Minute, bis sie wieder zurück war.

Schliesslich wusste ich am Besten, was für hemmungslose Männer sich Abends und Nachts auf den Strassen herumtrieben. Und ich kannte die Phantasien dieser Bastarde.

Das soll natürlich keine Verallgemeinerung der Spezies "Mann" sein. Gott behüte mich vor voreiligen oder gar ungerechtfertigten Anschuldigungen.

Aber als Mann, kann ich die Gedankengänge meiner Artgenossen bestens nachvollziehen. Unter Männern gibt es keine Tabus. Jeder sagt, was Sache ist – und, er meint es meistens sogar ernst.

Also verfolgte ich die Vorgänge damals sehr genau und achtete auf irgendwelche Zeichen des Fremdgehens.

Manchmal sass ich über viele Stunden im versteckt geparkten Auto und wartete vor einem Lokal auf das Ergebnis meiner Vermutungen.

Die wirrsten Geschichten liefen dann in meinem Kopf ab. Geschichten, die meine absurden Gedanken konstruiert hatten und mich fast in den Wahnsinn trieben.

Ich habe lange darüber nachgedacht, ob ich diesen Abschnitt im Buch veröffentlichen will. Ich bin zum Schluss gekommen, dass die Zeilen zur Sache gehören und das Bild meiner Eifersuchtsphase ehrlich beleuchten.

Ich hatte mich durch die Schar von Gästen gedrängt, als mein Blick auf die halboffene Tür fiel und mich sofort magisch fesselte. Neugierig drückte ich die Türe auf und stand direkt im Raum der Begierden und des Lasters, das ich schliesslich bewusst gesucht hatte. Gedämpftes Licht, Plüschsofas und leise Musik. Der süsse Duft von Mariuhana, Hasch und Gras lag über dem exotischen Duft von Parfum, Eau de Cologne und leichtem

Schweissgeruch. Leises Murmeln, Kichern und Stöhnen der liebes- und sexhungrigen Leiber flirrte in der Luft. Männer und Frauen vergnügten sich auf den Polstern. Noch war die Party nicht in vollem Gange. Nur ein paar entblösste Busen und ein paar hochgeschobene Röcke gaben die Richtung an, die hier gespielt werden sollte.

Ich trat etwas gehemmt näher in den Raum und wusste eigentlich noch nicht so recht, wie es jetzt weitergehen sollte und was mich erwartete. Der Gedanke, dass ich Mägi, hier an diesem Ort begegnen würde, löste ein mulmiges Gefühl aus.

Aber die Entscheidung wurde mir sofort abgenommen. Eine Hand griff nach mir und zog mich sanft hinunter auf das weiche Kissen. Ich liess mich einfach fallen und war froh, dass ich mir keine Gedanken zu machen brauchte. Mein Blick kreiste unauffällig in die Runde. Herrlich! Aufregend! Trotz der spärlichen Beleuchtung konnte ich jede Einzelheit erkennen. Während eine Hand über meinen Nacken fuhr, genoss ich die Bilder um mich herum.

Ich konnte erkennen, wie die Brüste der Frauen liebkost wurden. Die Männer saugten an den Brustwarzen und ihre Hände fuhren gierig die Schenkel hoch. Und langsam gingen die Beine der Frauen auseinander. Als fiele ein Regen von Erotik über dem Raum nieder, verschlangen sich die Körper zu unentwirrbaren Skulpturen. Immer mehr Haut wurde von Textilien befreit und immer näher rückten die Pärchen zusammen. Menschenknäuel bildeten sich. Gesichter, Beine und Ärsche vermischten sich in schnaufende, stöhnende und jammernde Haufen. Ich spürte die Hand über meinen Rücken fahren. Dann war ich rasch mein Hemd und meine Hose los. Ich spürte, dass der Bann auch bei mir gebrochen war und wurde aktiv. Ich brauchte nicht mehr viel Haut meiner Partnerin frei zu machen. Sie hatte sich selber entblösst und wartete nun mit gieriger Sehnsucht auf meine Taten. Ich bückte mich zu ihren kleinen Brüsten und sog mich an den dunklen Warzen fest. Mit der Hand suchte ich den Weg über den Bauch zum feuchten Hügel zwischen den schlanken Oberschenkeln. Ich spürte die geile Erregung. Ohne Widerstand drangen meine Finger in die glitschige Oeffnung. Animalisches Stöhnen drang an mein Ohr und ich spürte, wie sich die Hand fester um meinen Schwanz schloss. Die Frau zog mich in die gewünschte Stellung. Sie zeigte mir, dass sie auf lange Vorspiele verzichten konnte.

Nimm mich, hauchte sie fordernd. Als ich in sie eindrang, hielt die Zurückhaltung in ihren Bewegungen nicht mehr an. Wie ein wildes Tier bewegte sie sich auf und ab. Ich hatte Mühe, in ihr zu bleiben, aber ich spürte das geile Ficken. Und ich vergass die Welt um mich herum. Ueber mir, hinter mir - überall schienen die Schreie zur gleichen Zeit zu ertönen. Ein Orkan tobte im Raum und schien jede Wirklichkeit auszulöschen.

Erst jetzt konnte ich das weibliche Wesen betrachten, das sich eben noch unter mir gewunden hatte. Ruhig, ausgestreckt lag sie neben mir und zog an einer Zigarette. Ich war nicht enttäuscht. Sie musste um die vierzig sein. Ihr Körper war so schön, wie ihn meine Hände gespürt hatten. Proportioniert, dunkle Haut und Brüste, die mich augenblicklich wieder anzogen, die dunklen Nippel anzusaugen. Sie fuhr über meinen Kopf und stöhnte leise und zufrieden, als meine Zunge um ihre Brüste kreiste. "Du warst gut", hauchte sie. "Aber ich möchte noch mehr." Sie zeigte in den hinteren Teil des Raumes. "Siehst du sie, die junge Schwarze mit den spitzen Brüsten?" Ich sah die schwarze Perle, mit den langen Beinen und dem knackigen Hintern, der im Moment auf einem nackten Körper ritt. Und ich bemerkte auch, dass dieser nackte Körper ein weiblicher war.

"Sie ist für mich eine Hohepristerin der Erotik", fuhr meine Partnerin fort. "Sie gibt einer Frau den letzten Höhepunkt, ein unglaubliches Feuerwerk von Orgasmen. Wenn sie auf mir reitet, geht die Welt unter und ich entfliege ins endlose All. Sie führt Regie in einem Reigen von Schwänzen und Fotzen, die alle nur auf einen Körper fixiert, die Leidenschaft aufpeitschen. Ich geniesse es, wenn ich dieses Opfer sein darf. Dann verwöhnen mich ihre tausend Arme und ihre Lippen mit unermesslichen Zärtlichkeiten und unzählige Schwänze spritzen mich unter ihrer Regie voll, bis kein Tropfen

Samen mehr Platz hat in meinem Körper. Es dauert Stunden, bis ich aus dieser Ekstase wieder erwachen will."

Sie erzählte leise und ruhig, aber in ihrer Stimme klang die Begierde nach. Ich spürte, wie mein Schwanz wieder hart wurde und ich spürte das Verlangen, meine Partnerin wieder zu nehmen. Aber sie streichelte mir über den Rücken und zog ihren Körper unter meinen aufsteigenden Beinen hervor. "Bumse eine andere", meinte sie liebevoll. "Der Spass ist grösser, auch für dich. Es gibt noch viele nasse Fotzen, die auf ein Abspritzen warten. Ich möchte jetzt noch von der schwazen Stute geritten werden, als Dessert für diesen netten Abend. Und dazu, brauche ich noch viel Zeit."

Ohne auf meine Antwort zu warten, stand sie auf und legte sich neben die wogenden Körper der Frau, die von der Schwarzen unaufhörlich gestossen wurde. Ich schaute neidisch auf die schwitzenden Leiber und träumte irgendwie von verrückten Fantasien, als sich ein Arm auf meine Schultern legte.

Als ich schliesslich frisch geduscht und wieder angezogen durch den Flur zum Ausgang ging, suchte ich noch einmal mit einem Blick die Räume der verflossenen Lust ab. Die Szene hatte sich mit vorgerückter Stunde verändert. Es herrschte Betrieb und starker Verkehr auf allen Liegen. Und mir schien jetzt wirklich, als sei hier alles nackt und hemmungslos, was sich bewegte. In meiner angefackelten Phantasie entdeckte ich das ganze Spektrum von Lust und Leidenschaft: Gattinnen, Mädchen, Knaben, alte Ficker, Freunde. Alles ist durcheinander, wälzt sich am Boden, man wechselt den Partner, vermischt sich, treibt Blutschande und Ehebruch, man pussiert und gibt sich allen Exzessen und Ausschweifungen hin, die das Hirn am besten erhitzen können.

Gedankenverloren verliess ich das Lokal, schwelgte noch etwas in der angenehmen Erinnerung des Erlebten um dann schon bald vom schlechten Gewissen geplagt zu werden.

Ich hatte mich auf die Lauer gelegt, um meine Partnerin zu überwachen. Dabei die eigenen Phantasien durchlebt. Übermässige Lust auf Detektivspiele plagten mich danach immer seltener. Ich erkannte, dass die ureigenen Vorstellungen böse Fallen stellen konnten.

Mir fehlte zudem die vielfälltige Auswahl an ausgeklügelten Methoden der Überwachung, die Mägis Repertoir beinhaltete.

Wenn aber mal ein grosser Strauss Rosen auf dem Wohnzimmertisch stand oder ein undefinierbarer Telefonanruf Rätsel aufgab, handelte ich .

Über Blumenbouquets dachte ich nicht lange nach. Da ich wusste, dass dieser Rosenstrauss nicht von mir stammte, schüttete ich in einem unbemerkten Augenblick Unkrautvernichter in die Vase. Ein paar Stunden später beugten sich die roten Blumenköpfe und die Blätter fielen auf den Boden.

Danach war ich zwar nicht beruhigt, aber ich konnte zufrieden über die hängenden Häupter meiner Rivalen triumphieren.

Ein Indianer kennt keinen Schmerz...

Diese Geschichte hatte zwar einen ganz anderen Hintergrund und Zweck, als die sie schliesslich endete.

Ich musste und wollte eine verlorene Wette einlösen. Von meinem Wohnort im Kanton Aargau, nach Maladers in Graubünden – ein Dorf nahe Arosa. Auf dem Fussweg kamen gut hundertfünfzig Kilometer zusammen.

In drei Tagen wollte ich das Ziel erreichen. Das Wetter spielte mit – mein Kopf und die Beine hatten keine Einwände.

Am ersten Abend steuerte ich einen gemütlichen Gasthof an, genoss das köstliche Menu und ein kühles Blondes dazu.

Dann telefonierte ich mit Mägi, gab den bisherigen Reisebericht durch und erfuhr, dass sie mich auf dem dritten Etappenstück begleiten möchte.

Ich war überrascht und im Moment perplex über diese Mitteilung.

Wandern, marschieren oder wie immer man solche Fortbewegung bezeichnen will, war noch nie ihre grosse Leidenschaft.

Ich machte mir aber keine weiteren Gedanken, da Überraschendes zu ihr gehörte, wie das Amen in der Kirche.

Also beschlossen wir, uns am nächsten Abend bei meinem zweiten Etappenziel zu treffen.

Ziemlich müde legte ich mich an diesem Abend ins Bett.

Die rund fünfzig Kilometer Fussmarsch hatten mich geschafft.

Der Kaffee und ein ausgiebiges Frühstück brachten mich am nächsten Morgen wieder auf den Weg.

Ich erlebte herrliche Stunden, ohne Stress, ohne Verantwortung – nur ich mein Rucksack und die Gedanken.

Am Etappenziel warteten bereits Mägi und unser jüngster Sohn.

Beim Essen im Hotelgarten unterhielten wir uns vergnügt und genossen den wunderschönen Sommerabend.

Wir dachten nicht sehr ernsthaft an die nötige Ruhezeit, für den sportlichen Effort, der uns am nächsten Tag erwartete.

Aber dieser Morgen stand schon bald gnadenlos in den Startlöchern.

Das Morgenessen im Speisesaal und der Duft von frischem Kaffee liess die Lebensgeister endgültig erwachen.

Und dann bekam ich eine Lektion in Sportbekleidung, wie sie in keiner Fachzeitschrift zu sehen ist und – kaum je zu sehen sein wird.

Mägi in zwar nicht artgerechter Oberbekleidung, dafür mit total unmöglichen Ballerinas an den Füssen.

Ich holte tief Luft – machte den Mund aber sofort wieder zu. Diskussionen über Fussbekleidungen blieben bisher ergebnislos. Warum sollten ausgerechnet heute andere Voraussetzungen herrschen?

Bei Kaffee und Croissons warf ich in die Diskussion, dass heute ein Aufputscher nicht das Schlechteste wäre.

Ich wusste, dass Mägi diese kleinen Muntermacher immer in der Tasche hatte.

Mit dem *"Speedy Conzales"* im Magen gings auf zur letzten Schlacht auf meinem Wandermarathon. Und wie es abging.

Über Landstrassen, durch Dörfer, auf dem menschenleeren Uferweg dem träge dahinfliessenden Fluss entlang, einem noch fernen Ziel entgegen.

Wir redeten, diskutierten und palaverten fast ununterbrochen. Das Mundwerk musste sich mächtig ins Zeug legen, um den Ansprüchen des Redeschwalls gerecht zu werden.

Dabei wurde auch der tatsächliche Grund für Mägis Teilnahme an diesem Monstermarsch immer klarer.

Sie hatte befürchtet, dass mich ein anderes weibliches Wesen begleiten wollte. Eine ihr unbekannte Telefonnummer war aufgetaucht und falsch interpretiert worden.

Sie musste bitter büssen für diesen Irrtum. Bei den kurzen Marschpausen, präsentierten sich ihre Füsse in einem desolaten Zustand. Aber wer glaubt, sie hätte nun gejammert, der irrt vom Feinsten. Indianer und Skorpione kennen keinen Schmerz, wenn sie ein Ziel verfolgen und dieses erreichen wollen. Nichts und Niemand hält sie zurück.

Der Tag wurde zum einmaligen Erlebnis. Auch wenn wir das Wanderziel noch nicht erreicht hatten, so konnten doch einige Missverständnisse und Zwischenmenschliche Probleme gelöst werden. Quälende Gedanken verschwanden, machten allerdings wunden und blutenden Füssen mit überdimensionalen Blasen Platz.

Ein letzter kraftraubender Anstieg, durch endlose Strassenkehren, liess schlussendlich das Reiseziel im Bündner Schanfigg erreichen.

Bei einem Glas Weisswein schlossen wir ein weiteres, verrücktes Kapitel unserer Partnerschaft.

Ende Gut, fast alles gut – ausser den arg lädierten Gliedmassen von Mägi. Aber – sie hatte wieder einmal erreicht, was sie sich in den Kopf gesetzt hatte.

Und ich musste mir einmal mehr eingestehen: "Ich liebe diese Verrückte!"

Traumjob Barmaid...

Es gab den schönen Traum vom Leben einer Bardame, oder wie es damals hiess – Barmaid. Und Mägi träumte einmal diesen Traum.

Hinter der Theke stehen, Drinks und Cocktails mixen, Champagner-Cüpli, Wein oder Whisky ausschenken, mit den Gästen plaudern, lachen und rumalbern und – ganz nebenbei erst noch grosszügige Trinkgelder einkassieren.

Eine verlockende Perspektive und eigentlich geradezu auf Mägi zugeschnitten. Ihre Sexy-Erscheinung, die natürliche Begabung zur lockeren Kommunikation und das vorhandene Flirtpotenzial boten beste Voraussetzungen für das Unterfangen.

In unserer Stammkneipe fiel für die nächsten Tage Superbarfrau "Sissi" aus, die ihren verdienten Urlaub einziehen wollte.

Der Wirt war begeistert über die unkomplizierte und schnelle Lösung seiner Personalprobleme. Mägis grosser

Traum konnte also starten.

Und schon begann das Abenteuer Barmaid – mit Mägi hinter der Theke – aber noch unbekanntem Ausgang.

Der erste Einsatz stand an. Ich blieb natürlich Zuhause. Meine Aufgabe war es, unsere drei Söhne zu versorgen und beaufsichtigen. Ausserdem schadet es dem Geschäft, wenn der Mann oder Freund einer Barmaid als Aufpasser an der Theke sitzt.

Sie soll schliesslich mit den Gästen plaudern und flirten, damit diese fleissig konsumieren.

Polizeistunde war erst eine halbe Stunde nach Mitternacht. Ich fuhr etwas früher los. So reichte es bestimmt noch zu einem Schlummertrunk.

Die Bar war immer noch gut besetzt, als ich kurz nach Mitternacht das Lokal betrat. Ich setzte mich an die Theke und beobachtete die Runde.

Mägi schien etwas geschafft und genervt, lächelte aber immer noch, wenn auch leicht gequält. Wer sie nicht kannte, bemerkte nichts von ihrem Unmut. Optisch schlug sie sich gut in ihrem Traumjob.

Dann war endlich Sperrstunde. Es wurde aufgeräumt und schliesslich abgerechnet – der Moment der Wahrheit.

Ernüchterung machte sich breit. Die Kasse für den Wirt stimmte zwar, das Trinkgeldvolumen liess aber zu wünschen übrig. Es reichte nicht einmal für unsern

Schlummertrunk. Der halbe Rote belastete die Haushaltskasse.

Gründe fanden sich genug für den miesen Verdienst. Einzelne Gäste machten sich aus dem Staub, ohne ihre Zeche zu begleichen. Die WC-Anlagen lagen unmittelbar beim Lokalausgang, was es jedem erleichterte, unauffällig zu verschwinden.

"Die Scheisskerle sind einfach abgehauen", verteidigte sich Mägi empört.

Der Wirt: "Du musst ihnen nachgehen!"

Mägi: "Ich bin eine Frau und laufe keinem dieser Windhunde nach. Das würde meinen Stolz verletzen!"

Der Wirt: "Wenn der Gast etwas offeriert, solltest du nie ablehnen. Auch diese Drinks bringen dir Geld in die Kasse!"

Mägi: "Ich kann doch nicht mit jedem Gast trinken, sonst kippe ich schon in der Halbzeit aus den High Heels. Ausserdem trinke ich nicht mit jedem Deppen!"

Der Wirt: "Giess einfach ein Mineralwasser in dein Glas!"

Mägi: "Das ist unfair. Ich trinke Wasser und der Gast bezahlt Champagner oder Whisky. Nein, das kann ich nicht verantworten – ausgeschlossen!"

Dann sprudelte es aus ihr heraus: "Die primitiven Anmacher bekommen von mir auch nichts mehr. Ich bin doch kein billiges Flittchen. Wer kein Stil hat, der hat auch keinen Durst. Basta! Und überhaupt – warum können nicht alle dasselbe trinken? Jeder hat einen Sonderwunsch!"

Die Stimmung war in diesem Moment nicht mehr zu retten. Trotzdem schaffte es der Wirt, sie zum Weitermachen zu bewegen. Die nächsten Abende gingen dann auch relativ problemlos über die Runde.

Trotzdem – nach einer Woche war das Abenteuer "Barmaid" zu Ende. Mägi entschied, dass sie definitiv keine Barfrau werden wolle und die Theke nicht ihr absoluter Traum-Arbeitsort wird. Der Traum war zum Albtraum mutiert.

Übrigens: Wohlhabend ist sie dabei auch nicht geworden, aber – um eine Erfahrung reicher.

Dunkelschwarze Wolken...

Der wohl schwierigste, unangenehmste und schwärzeste Tag begann heute. Mägi hatte die Nase voll von meinen Eskapaden. All meine Bemühungen, sie zurück zu gewinnen, schienen misslungen. Ich war frustriert, traurig, enttäuscht und in meiner Männlichkeit zu tiefst getroffen.

Der Scheidungsrichter erwartete uns zur ersten Anhörung.

Was wollte er von mir hören: ...dass ich ein- oder ein paar Mal neben dem vorgeschriebenen Weg des Eheversprechens gegangen bin; dass ich meine ehelichen Pflichten vernachlässigt habe – oder gar gewalttätig geworden bin?

Ein äusserst unangenehmer Gedanke, dass ein Unbekannter intime Details meines Privatlebens erfahren sollte.

Am frühen Nachmittag also, standen Mägi und ich vor dieser ungeliebten Amtsperson.

Die Fakten wurden erörtert, Fragen zur Erziehungsberechtigung der Kinder geklärt und die weiteren Schritte des Scheidungsverfahrens erörtert.

Alles in allem eine ziemlich kühle und unpersönliche Abhandlung der Beziehung von zwei Menschen.

Ich war gar nie richtig anwesend, hörte die Fragen des Friedensrichters nur halbwegs und meine Gedanken verirrten sich in weite Ferne. Die Situation erschien mir unwirklich und ich wollte das momentane Geschehen auch gar nicht wahrhaben. Fremde Leute waren dabei, mein Leben in die Hände zu nehmen und Veränderungen vorzunehmen. Absurd!

Ich liess das Ganze einfach ablaufen und an mir vorüberziehen. Konsequenzen, Gegenwart, Zukunft und Vergangenheit existierten gerade nicht.

Und schon waren wir aus der Amtshandlung verabschiedet.

Was nun? Mägi schaute mich lange an und schlug fragend vor: Gehn wir zum Abschiedstrunk ins *"Flämmli?"*
Abschied klang zwar ziemlich endgültig und brutal, aber ich konnte nun einen Drink oder zwei gebrauchen. Also, einverstanden!

Eine kleine, gemütliche Bar auf dem Lande, diente als Kulisse für unsere Trennung.

Zuerst war Totenstille. Beiden fehlten die Worte. Erst allmählich fiel die Blockade.

Bei Champagner und Whisky sassen wir nebeneinander am Tresen, gruben vergangene Erinnerungen aus und erlebten einen wunderbaren, friedlichen Abend. Als wäre nichts geschehen. Das Thema Scheidung blieb aussen vor.

Moët-Chandon und Red Label halfen gütlich mit, dass mehr gelacht als gejammert wurde. Bis zur unvermeidlichen Polizeistunde.

Der Griff an der Kehle wurde wieder härter. Die Realität holte auf und die düsteren Gedanken kamen unvermeidbar hoch. Ich schluckte leer und versuchte, den Klos im Hals und auf der Brust los zu werden.

Unerwartet drangen hauchend-leise Worte aus Mägis Mund an mein Ohr: "Ich möchte heute Nacht nicht allein sein. Bleib bei mir."

So unerwartet und überraschend die Aufforderung kam, so rasch und erleichtert meine Antwort.

Ich spürte mich wieder und ahnte, dass die Tür doch noch nicht endgültig zugeschlagen war.

Eine unbeschreibliche Nacht beendete die ungewisse Trennung. Wir hatten uns wieder einmal gefunden. Die schreckliche Aussicht auf eine Scheidung besiegt.

Gefällt mir... Gefällt mir nicht...

"Was machst Du?" fragt mich die Facebookseite. Hm! Ich denke nach. Das sage ich ihr bestimmt nicht – nicht der Facebookseite. Diese hat mich natürlich auch nicht wirklich gefragt. Kann sie auch gar nicht. Ich wurde von der Seite angeschrieben. Trotzdem verdammt unanständig – diese Frage.

"Nichts!" hätte ich erwiedern können. Damit hätte ich die unflätige Frage beantwortet und nicht einmal gelogen. Ja – wenn ich Nachdenke, dann tu ich nichts, nichts Wirkliches. Ich bewege mich nicht, sitz einfach da und schau in die Welt hinaus.

Das tu ich für mich – Nachdenken. Kann ja nichts schaden. Geht auch Niemanden etwas an. Hm! Es würde manch Einem nichts schaden, wenn er zwischendurch einmal Nachdenken würde – einfach so.

Aber halt! So einfach ist das auch wieder nicht. Die Gedanken können beim Nachdenken ganz schön verrückt spielen. Und wenn die einmal los sind, sind sie auch kaum mehr zu bändigen. Sie spielen Achterbahn, drücken dich an die Wand oder sie lullen dich ein. Das kann ganz schnell zur ausweglosen Situation werden. Dann verlangen die Fragen eine Antwort und diese müssen erst gesucht werden. Findest du gerade keine, ist schon die nächste Frage in der Pipeline. Meist bist du unvorbereitet und kannst keine Notizen aus der Tasche ziehen. Aus einer solchen Patsche ist nur schwer zu entkommen.

Ich denke wieder nach, unauffällig und leise, damit die Fragen mich nicht hören. Feigling – ich? Vielleicht will ich mir nur Unannehmlichkeiten ersparen.

Es könnte ja sein, dass mich die Frage trifft: "Hast du heute schon eine gute Tat vollbracht, oder nur so blödsinnig in den Tag hineingelebt?" Schon bin ich in die Enge getrieben. Ich denke kurz nach, aber zu kurz. Die Antwort ist in weiter Ferne und nicht fassbar. Eigentlich ist es nicht die Antwort, aber die gute Tat liegt zu weit zurück. Die gilt nicht mehr für heute. Unsere Zeit ist kurzlebig, vergisst schnell und verlangt mehr Effizienz.

In dieser Situation wäre ein Joker nötig oder ich müsste diese Frage zurückstellen können. Zeit schinden zum Nachdenken.

Schon fällt die nächste Frage. Schnell und ebenso fies: "Was willst du an deiner verdammten Situation verändern und verbessern?"

Volltreffer! Hinterlistiger geht es wohl kaum mehr. Einen wehrlosen Menschen, der nur nachgedacht hatte, mit einer solch schwierigen Frage zu belästigen.

Eine Frage, deren Antwort ich selber noch gar nicht kennen konnte. Ich war überhaupt nicht in der Lage, die momentane Situation einzuschätzen und zu beurteilen. Sie war erst entstanden und gewachsen, ohne mein weiteres zutun. Ich hatte diese Lage zweifellos selber gesät, aber ohne böse Absicht und schräge Gedanken. Also, was soll der Stress?

Nachdenken war angesagt. Alles nur wegen diesem Scheiss-Facebook.

"Wie willst du dich vor deinen Mitmenschen erklären? Fragen verlangen Antworten, keine feigen Ausflüchte in langweilige Gedanken. Gedanken, die zu nichts führen, als bis zur nächsten Frage."

Wauh! Keine Verschnaufpause in Sicht. Die Fragenkanone hatte sich eingeschossen, das Ziel fest fixiert und die Auswege und Fluchträume versperrt.

Tief durchatmen, das Hirn mit Sauerstoff versorgen und die Hoffnung nicht verlieren. Eine Lösung steht irgendwo bereit. Ich muss sie nur zu fassen kriegen.

Klick! Ich hab` sie – meine gute Tat und damit die Ant-

wort auf die eine Frage. Mein Hirn hat mich nicht enttäuscht. Keine Spur von Demenz.

Aber ich muss die Geschichte von Anfang an erzählen,
damit die *"Gute Tat"* verständlich wird:

Jede Wohnung – jedes Haus das ich und meine liebe Frau
bisher bewohnten, war ausgestattet mit grossen Fenstern,
grossen Fensterbänken und natürlich – mit Türen. Die
Türen führen entweder in den Garten, auf die grosse Ter-
rasse, verbinden die Werkstatt mit der Tiefgarage oder
führen zur Kellertreppe und von dort in die Heizung.

Die Fenster bieten zum Teil einen herrlichen Ausblick
auf die Umgebung und dienen unseren zahlreichen Katzen als Ein- und Ausgang, was ein ziemlich wichtiger
Faktor in dieser Geschichte ist. Die eigenwilligen Tiere
benutzen den Weg äusserst fleissig und in relativ kurzen
Abständen.

Ich benutze die Türen und Fenster auch regelmässig, um
die Annehmlichkeiten des Gartens und der frischen Luft
zu geniessen. Ich denke und habe immer angenommen,
dass diese Einrichtungen dazu da sind. Vielleicht habe
ich etwas falsch verstanden.

Fakt ist – meine liebe Frau hat andere Verwendungs-
zwecke für diese Verbindungswege gefunden. Und sie
nutzt jede Möglichkeit rigoros und äusserst grosszügig.

Vor jedem Fenster und vor jeder Glastür steht eine präch-
tige Grünpflanze. Eine breite Fensterbank, verlangt

geradezu nach einem mächtigen Topf. Die grosszügige Glastür schreit geradezu nach einem Mammutstrauch. Das Grünzeug braucht sich nicht über Platzmangel Gedanken zu machen.

Ich bin umso mehr gefordert. Will ich aus dem Haus, in den Garten, oder nur durch ein offenes Fenster etwas frische Luft atmen, den blauen Himmel betrachten, die glitzernden Sterne am Himmel bestaunen möchte – erwartet mich erst eine aufwendige schweisstreibende Mammutaufgabe. Ein Topf muss verschoben, ein Deko-Gegenstand entfernt oder ein anderes Hindernis weggeräumt werden. Der Kreativität meiner Frau sind keine Grenzen gesetzt.

Ein stilles *"Vormichhinschnauben"* begleitet meine Vorbereitungsarbeiten. Mein Inneres beginnt jeweils langsam, aber stetig zu kochen. Und wenn der Siedepunkt erreicht ist, sage ich laut vor mich hin: "Scheisse – ich versteh` das nicht!"

Die kurze Aussage ist bis zum Ohr meiner Frau gedrungen. Die Reaktion bleibt nicht aus: "Die Pflanzen brauchen Licht. Die darf man nicht einfach irgendwo in eine Ecke stellen. Ausserdem sieht es doch wunderschön aus." Und dann etwas schnippischer: "Ich weiss, dass dir das Auge für`s Schöne fehlt!"

Ich hab`s versucht. Mit Toben, Schreien und ruhig vorgetragenen Argumenten. Aussichtslos. Ich muss eine neue Strategie erarbeiten.

Im Moment versuche ich immer noch, meine Frau zu verstehen und mich mit der Tatsache abzufinden, dass ihre Schwäche schliesslich auch eine gute Seite haben könnte. Wie diese gute Seite aussieht, habe ich aber noch nicht heraus gefunden.

Aber – ich liebe meine Frau. Weil sie so wunderbar verrückt-kreativ ist – gerade in ihrer Argumentation, wenn sie mich von der Richtigkeit ihrer Taten überzeugen will. Und Facebook wird mich nicht mehr so schnell vor den Bildschirm kriegen.
Meine gute Tat habe ich jedenfalls vollbracht. Heute habe ich den Hindernislauf durch Türen und Fenster tapfer und ohne Murren absolviert.

Mägi life...

Ein heisser Ritt durch eine schwüle Sommernacht stand auf dem Programm. Eine Behauptung, die ich im Vorfeld dieses Abends schon kundtun kann. Die langjährige Erfahrung gibt mir grünes Licht dazu.
Einladung zur Party. Ein entspannter Abend wartete auf Mägi und mich. Im Kreise von Freunden und Bekannten

chillen, abhängen, essen, trinken und gemütlich plaudern, bei romantischer Musik und Kerzenlicht.

Der Abend wurde dann ziemlich feucht und endete arg betrunken und belämmert. Aber gutgelaunt verabschiedeten wir uns am frühen Morgen und machten uns auf den Heimweg. Im Auto natürlich, wenn auch ziemlich Promillebeladen. Vom Nachahmen muss dringend abgeraten werden. Ich weiss nicht mehr, welcher Teufel mich damals geritten hat – wahrscheinlich der mit dem Namen *"Unvernunft"*.

Obwohl es weit nach Mitternacht war, floss der Verkehr auf der Autobahn noch reichlich. Die Nachtschwärmer befanden sich im Ausgang.

Der fröhliche Party-Abend wirkte auch bei Mägi noch ungebremst nach. Während ich mich auf den rollenden Verkehr konzentrierte, trällerte sie vergnügt vor sich hin. Bis dahin ging alles im erlaubten Rahmen.

Doch dann brach die *"Femme Fatale"* mit ihr durch. Ein Vorgang, der nicht zu bremsen war.

Langsam – untermalt von romantischen Musikklängen aus dem Autoradio – verabschiedete sie sich von einem Kleidungsstück nach dem andern.

Ich musste reagieren. Ein längerer Tunnel nahte und dieser war hell erleuchtet. Überholende Fahrzeuge konnten in den Innenraum schauen und hatten somit freien Blick auf das Geschehen. Keinesfalls schockiert, aber im angemessen belehrenden Ton versuchte ich mich verständlich zu machen: "Jeder kann alles in unserem Auto deutlich erkennen! Der Tunnel ist voll ausgeleuchtet – Mägi, zieh dir etwas über!" redete ich auf meine Mitfahrerin ein, ohne aber überzeugend zu wirken.

Im Gegenteil – sie liess die Scheibe runter und hängte BH und Slip an die Radioantenne. Die Stoffdingerchen flatterten frech im Fahrtwind und Mägi freute sich schelmisch.

Eigentlich wusste ich, dass meine Abwehrversuche erfolglos blieben, trotzdem unternahm ich noch ein paar klägliche Anläufe. Ich kannte meine Partnerin zu genau und stand nicht vor einer neuen, unbekannten Situation. Dieses Spiel hatte ich schon mehrmals erlebt. Wenn ich ganz offen bin – insgeheim turnte mich die prikelnde Situation an.

Die Wimpelaktion an der Antenne war auch nicht lange unbemerkt geblieben. Erfreute, lachende und beifallsspendende Blicke flogen an unser Wagenfenster, aber auch entsetzte und ablehnende Reaktionen.

Ohne weitere Zwischenfälle erreichten wir schliesslich unser Ziel. Fünfzig Meter vor unserem Haus stoppe ich den Wagen.

Mägi – nackt wie Gott sie schuf, ausser den roten High Heels – schaute mich verwundert an.

"Aussteigen! Die letzten Meter geht`s zu Fuss weiter, – damit du dich etwas abkühlen kannst," bemerkte ich lachend dazu.

Sie schaute kurz durch die Windschutzscheibe, bemerkte völlig cool "die Strasse ist dunkel und leer!", um dann ohne Hast die kurze Strecke zu überwinden und in der Haustür zu verschwinden.

"Yea!" sagte ich zu mir selber und parkte ein. Diese Nacht war noch nicht gelaufen.

Seltsame aber effektive Methoden...

Auch über unserer Beziehung hingen zeitweise immer wieder dunklen Wolken. Nicht selten entwickelten sich orkanartige Gewitter, die in zerstörerische Wirbelstürme ausarteten.

Ich hatte das eine oder andere aussereheliche Abenteuer und musste akzeptieren, dass auch meine Partnerin nicht ausnahmslos treu blieb.

Keiner überraschte den andern mit solchen Geschichten. Wir konnten offen miteinander darüber reden. Beide wussten jederzeit, wenn irgendwo eine Glut brannte.

Und doch blieben Eifersuchtsreaktionen nicht aus. Es brauchte nur eine unbedeutende kleine Lüge, eine Unaufmerksamkeit, damit das Pulverfass explodierte.

Mägi versorgte mich fortwährend mit immer wieder tiefen und entscheidenden Einblicken in die weibliche Form von Reaktionen auf brisante Geschehnisse.

Ich denke mit Grauen an den jenen Abend zurück. Die Erlebnisse haben sich für immer und unauslöschlich, unter meine Kopfhaut eintätowiert.

Wieder einmal war es einer dieser berüchtigten Herren-Abende. Meine Stimmung war gut und gelöst. Entspannt betrat ich die Wohnung, ging ins Wohnzimmer und drehte das Licht an.

Schock pur! Die Bilder, die ich zu sehen bekam, entpuppten sich nicht als Einbildung. Mägi hatte sie eigenhändig mit ihren unverwechselbaren Initialen versehen.

Mit offenem Mund starrte ich zur Wohnzimmerdecke. Es hätte die Dekoration für eine Faschingsparty sein können.

Im Wohnzimmer hingen die Manuskriptseiten meines letzten Romans von der Decke herunter. Eine Kriminalgeschichte – die Arbeit unzähliger Stunden, Tage und Nächte. Dreihundertundfünfzigtausend einzelne, mühsam getippte Schreibmaschinenanschläge hingen säuberlich zerschnitten, in kleinen Fetzen am Wäscheseil von der Wohnzimmerdecke. Der leichte Luftzug schwenkte die Papierstreifen wie kleine Fähnlein, die mir zuwinkten. Ich war sprachlos. Eine Mammutarbeit in jeder Beziehung.

Eine Kopie gab es nicht. Speichervorrichtungen existierten auf den Schreibmaschinen damals noch keine.

Das Drehbuch war perfekt inszeniert. Der Titel der zerschnippselten Story passte uneingeschränkt in die Szenerie: "Der unnbarmherzige Rächer!" Die Geschichte eines Vaters, dessen Kind von einem Pädofilenring entführt, vergewaltigt und getötet wurde. Ein Mann, der gnadenlos hinter der Bande herjagte und jedes einzelne Mitglieder der Gruppe brutal bestrafte.

Diese Geschichte hing nun als Puzzle über mir, genau so, wie ich die Story einmal zusammengesetzt hatte – aus vielen Einzelteilen.

Ich war getroffen – der Schock sass tief. Dieser Niederschlag lähmte mein Denken und meine Reaktion komplett.

Wie ein Boxer, nach dem KO-Schlag, hing ich in den Seilen.

Eine Ausserirdisches Kreatur musste dieses Tohuwabohu inszeniert haben – ein fürchterliches, rachsüchtiges Ungeheuer. Ich brauchte eine lange Zeit, den Schock zu überwinden. Dann stopfte ich die Einzelteile in eine grosse Schachtel. Trotz mehrfachen Anläufen ist es mir bis heute nicht gelungen, die Geschichte wieder lesbar zu machen. Ich war sauer – sogar stinksauer.

Einziger, aber schnippischer Kommentar meiner Frau: "Mit einem Papier-Schredder wäre der Effekt viel grösser gewesen."

Mein Roman-Manuskript blieb nicht das einzige Angriffsziel. Die Papierschnitzel blieben immerhin erhalten und wer weiss, vielleicht werde ich im Pensionsalter die Zeit und Ruhe finden, das Puzzle wieder zusammen zu setzen.

Unersetzlich bleibt das Hochzeitsalbum. Die Schnittstellen in den Gesichtspartien lassen sich kaum mehr reparieren.

Die einzige Möglichkeit wäre eine Wiederholungn der Festlichkeiten. Nur – einige der Abgebildeten weilen nicht mehr unter uns und der Rest ist um einiges gealtert.

Bleibt wohl nur die Erinnerung an den grossen Tag.

Die unerschöpfliche Liebe zu meiner Lebenspartnerin liess mich auch diese Vorfälle überstehen. Nicht vergessen – aber überleben.

Schliesslich ist sie eine Frau, und – eine Frau muss sich für ihre Rechte einsetzen, wenn auch auf recht unkonventionelle Art.

Ausserdem bin ich auch selber schuld, denn ich liebe diese Verrückte – so wie sie imner war und vermutlich immer bleiben wird.

Die Variante für ein fröhliches Erwachen kann auch Adrenalin pur sein: Ahnungslos will ich meinen Kittel vom Kleiderständer nehmen. Die unerwartete Entdeckung lässt nichts Gutes ahnen. Eine Schere ragt aus dem Rückenteil und regt mich zum Nachdenken an. Kein ermunterndes *"Guten Tag-Erlebnis"*.

Oder die Steigerung aus dem Gruselkabinett: In der Matratze vom Ehebett steckte unheimlich drohend ein Küchenmessergriff, dessen anderes Ende wohl mir gelten sollte.

Die Nächte wurden zusehends unruhiger, was mich lehrte, nicht mehr auf dem Bauch einzuschlafen, weil das Klima für Kreuz und Rücken zunehmend ungesünder zu werden schien.

Der Irrsinn hatte damit aber noch kein Ende. Beim nächsten Versuch, mich für den Ausgang mit Klamotten aus dem Schrank zu versorgen, fand ich nur noch kurze Hosen im Angebot. Die Kleidungsstücke waren auf Sommer und Freizeit getrimmt.

Mägi hatte die Hosenbeine abgetrennt und mich ausgebremst.

So sehr diese Angriffe im Moment des Geschehens Angst und Schrecken verbreiteten, war und ist es gerade diese Heissblütigkeit, die ich bei Mägi so liebe. Ohne diese Eskapaden wäre sie ganz einfach nicht die Frau gewesen, die mich zu jeder Zeit fesselte und die ich in jeder Zeit heiss verehre und begehre.

Briefverkehr aus turbulenten Zeiten...

Das Kapitel, das in einer endlosen Liebesgeschichte eigentlich fehlen sollte. Trotzdem ist und bleibt es Realität. Keine Liebe schafft es ohne die unerfreulichen Auseinandersetzungen. Konfrontation muss gerade in diesem Bereich ihren Platz haben, denn sie bietet auch Nahrung für deren Wachstum und Stärke. Alles andere wäre Augenwischerei.

Die Frage ist nur, wie man aus diesen hässlichen Wortgefechten wieder herauskommt?

Dabei ist der Einzelne gefordert, mit Respekt, Toleranz, Grosszügigkeit, Kompromissbereitschaft, Geduld und einem grossen Herz.

Liebe Mägi,

Es fällt mir schwer einzugestehen, dass ich ein Arschloch bin. Aber es ist die Wahrheit. Ich weiss es, - Du weisst es und leider wissen das auch andere. Es wäre mir lieber, wenn es diese Andern nicht wüssten. Leider aber, kann ich mich in den entscheidenden Momenten im Leben nicht entsprechend benehmen. Weil ich ein Arschloch bin. Gerade deswegen bin ich ein Arschloch.

Und dass es schwer fällt, in meinem Alter diese Erkenntnis einzugestehen, ist nicht so schwer zu verstehen. Wenn ich dann noch annehmen muss, dass auch meine Söhne diesen Eindruck von mir haben müssen, das macht die Situation auch nicht einfacher.

Ich möchte jetzt sagen: Es tut mir leid. Gerade Du hast es nicht verdient, dass ich Dich kränke und beleidige. Gerade Du, die immer nur mir zuhören muss. Wo ich meinen ganzen Scheissdreck Tag für Tag, Woche für Woche und Jahr für Jahr abladen kann. Wo ich jammern und klagen darf, ohne Rücksicht auf Situationen und Stimmungen.

Aber wie sollst Du mir noch glauben, wenn ich sage, dass es nicht mehr vorkommen wird. Dass ich mir alle Mühe geben werde, meine Emotionen unter Kontrolle zu halten, überlegter zu handeln und nicht mehr auszurasten. Vor allem nicht mehr in Gegenwart anderer Leute.

Manchmal wünschte ich mir die übernatürliche Fähigkeit, Dinge ungeschehen zu machen. Mit einem Radiergummi Geschehnisse wegradieren zu können, die nicht gewollt waren. Einfach wegwischen und wegkippen, was in der Konsequenz unangenehm ist.

Nur leider sind solche Vorfälle wie Kletten, die sich festklammern und umschlingen, um dich irgendwann zu erwürgen.

Nur die Zeit wird die ersehnte Befreiung bringen. Der lange und beschwerliche Weg der Besinnung und Bewährung steht bevor. Und ich weiss, wie beschwerlich ein solcher Weg sein kann. Wie unangenehm lang sich die Zeit des Vergessens dahin zieht.

Ich werde mich hüten, eine Chance zu erbitten oder gar zu fordern. Davon habe ich in meinem Leben schon unzählige bekommen. In jeder Beziehung und in vielen Situationen, wurde mir ein neuer Anlauf gewährt. Irgendwann ist es der letzte.

Und ich bin mir sicher, dass sich mein Chancenkonto auf ein Minimalstand dezimiert hat. Ich bin auf einem morschen Ast gelandet und schwinge nur noch an dünnen Zweigen durch den Wald der begrenzten Möglichkeiten.

Aber - an den letzten Strohhalm werde ich mich klammern.

Es ist nie zu spät, den Sündenkatalog fürs jünste Gericht noch einmal kräftig aufzupolieren. Denn vor der Himmelstüre möchte ich nicht betteln müssen. Vor dem göttlichen Richtergremium will ich nicht mit gesenktem Haupt erscheinen. Bei der Zuteilung der Himmelsteppiche, möchte ich nicht eine Regenwolke gewinnen. Nasse Füsse habe ich in der Vergangenheit zu oft bekommen, wenn ich in die unVermeidlichen Pfützen trat.

In der Ewigkeit will ich auf trockenen Pfaden wandeln können.

*****

Hallo Du blöder Siech,

Hättest wohl lieber gehabt, ich hätte Dir am Sonntag ein Stichwort gegeben für Deine Verteidigung, he? Bist den ganzen Tag herumgeschlichen in der Hoffnung, ich würde loslegen. Es hat mich viel Energie gekostet, Dich nicht in Stücke zu schneiden. Ich zerreiss Dich jetzt.

Du blödes besoffenes Arschloch, erteilst meinem Sohn Hausverbot, spinnst Du total? Der richtet angetrunken mit dem Auto weniger Schaden an, als Du besoffen mit Deinem Maul, das Du sowiso in letzter Zeit zu weit aufreisst! Kommt ja doch nur noch Mist raus.

Erzählst wichtig, wie oft Du schon Deine "Lampe" vollgesoffen hast und nicht mehr gehen konntest, nur noch Autofahren. Bist doch jeweils auch nie mit dem Taxi nach Hause gefahren, oder? Die hätten Dich so kosakenvoll zwar gar nicht transportiert, weil Du ihnen möglicherweise das Auto vollgekotzt hättest.

Du Tschumpel - unser Sohn ist kein Kind mehr dem Du Befehle erteilen kannst. Reiss Dein Maul doch nur noch dort auf, wo Dir überhaupt jemand zuhört. Wärst Du jetzt vor mir, ich schwör Dir, ich würde Dir eine rein hauen.

Blöder Affe, Du hast den Familienfrieden ins Wanken gebracht. Wer auch immer meine Söhne angreift, hat mich sofort zum Gegner.

Du stinkfaules Arschl..., bezahlst meine Miete, mein Essen, meine Kleider, das Fressen für meinen Hundi und *meine Katzen. Dafür biete ich Dir ab sofort nur noch lieblose Hausfrauenpflichten, das Nötigste nach Gesetz! Lässig bis schäbig bügeln, etwas Waschen, Deinen Dreck wegräumen, Essen kalt aus dem Kühlschrank. Verlang ja nichts Gekochtes - ich würde Dich eventuell vergiften.*

Deine animalischen Befriedigungen kannst Du Dir von einem der billigen Flittchen aus der Vergangenheit holen. Die stehen sicherlich auf solch primitiven Schwänze.

Du saublöder Siech Du, bring die Situation wieder in Ordnung und stell den Frieden wieder her, oder ...!! Komm nach Hause, dann mach ich Dich fertig!!!

NB: Kopie geht an meine Söhne. Der nächste Brief direkt an die Presse (Spiegel). Die ganze Welt soll erfahren, mit was für einem dummen Siech ich Verheiratet bin!

*****

Lieber ...,

Es tut mir leid, Deine Beziehung, Deine Ideale und Deine Gefühle zerstört zu haben. Ich bin nicht so tolerant oder blöd wie Du geglaubt hast. Meine Grenzen hören um sechs Uhr in der Früh auf, wenn Du mit einer mir völlig fremden Frau im Schlafzimmer stehst.

Wenn ich versuche, Dir zu erklären, dass mein Stolz und meine Gefühle dadurch verletzt werden.

Dein Mitgefühl mit heimatlosen Wesen in Ehren, leider ist mein soziales Gefühl für meine lieben Mitmenschen anders als Deines. Deine Ideale von Beziehung decken sich in diesem Fall nicht mit meinen Idealen. Ich glaube, Du siehst sowiso alles nur aus Deiner Sicht. Da bist Du sehr egoistisch. Du sprichst von Deinen Idealen, von Deiner Meinung, Deiner Ansicht und von Deiner Beziehung. Ich habe versucht, den Vorfall zu klären. Du hast Dich aber nur zynisch entschuldigt - mit versteckten Drohungen dazu.

Diskutiere die ganze Angelegenheit doch einmal mit jemand aussenstehendem und höre Dir eine andere Meinung an.

Ich kann nichts dafür, wenn Du Überall herum erzählst, was für eine grosszügige Frau du geheiratet hast. Ich versuche grosszügig zu sein, aber nicht blöd. Und hör endlich auf, in diesem Zusammenhang von Liebe zu reden. Es klingt äusserst unglaubwürdig. Oder beleidigst und verletzt Du mich aus Liebe?

(noch) Deine Mägi

PS: Wir waren nie etwas Besonderes und werden es auch

nie sein! Wir sind so gewöhnlich wie alle Anderen. Manchmal nicht einmal das. Gewöhnliche sind nämlich auch verletzlich.

Das Schlosshotel am See...

Unstimmigkeiten und Differenzen in unserer Beziehung sollten immer möglichst rasch vom Tisch verschwinden. "Schlafe nie ein, bevor Du einen Streit mit einer geliebten Person beigelegt hast. Morgen bleibt vielleicht keine Zeit mehr!" sagte irgend ein weiser Mann einmal.

Wir hatten dazu ein eigenes Ritual und eine einzigartige Umgebung ausgesucht. Das Schlosshotel am See. Die besondere Ambiance, für schwierige Fälle. Die Bedienung diskret und unauffällig. Der Kellner Mario, ein kleiner, wiffer Portugiese kannte unsere Wünsche als Stammkunden bereits bestens. Er war immer in der Nähe, aber nie sichtbar.

Ein erlesenes Abendessen, bei Kerzenlicht im grossen Speisesaal, wo die vielen Säulen nicht nur die Decke stützten, sondern auch intimen Schutz vor Zusehern und Zuhöhrern bot. Meistens jedenfalls.

Während der Vorspeise fand noch ein intimes Drum-

Herum-Reden statt – freundlich, gesittet und unverbindlich.

Langsam, fast unmerklich steuerte das Gespräch auf den Kern der Sache zu.

"Warum?" Eine ganz kurze, aber gezielte Frage. Ich hatte natürlich verstanden. Trotzdem warf ich die unbedachte Gegenfrage "Warum was?" in die Runde.

Mario brachte die Hauptspeise und verzögerte damit die aufkeimende Diskussion einen Moment, zog sich nach beendetem Service aber sofort wieder in seine Warteposition zurück.

Unser Rede- und Antwortspiel kam wieder in Gang. Es wurde immer angeregter und endete schliesslich flüssig – im wahrsten Sinne des Wortes.

Immer dann, wenn Mägi keine schlüssige Antwort oder eine vermeintliche Ausrede auf ihre Fragen bekam, reagierte sie unkonventionell. So auch in diesem Moment.

Sie leerte ihr Glas Wein, ohne Wimpernzucken und Vorwarnung in mein herrliches "Gulasch Stroganoff". Als wäre nichts geschehen, widmete sie sich dann ihrer Speise.

Natürlich drehte ich mich im ersten Moment erschrokken nach allen Seiten um. Hatte es jemand beobachtet?

Nur wenige andere Gäste verteilten sich im weiträumigen Speisesaal. Keine auffälligen Reaktionen. Nur Mario tauchte bald auf – aus dem Nichts.

Als wäre nichts geschehen, entschuldigte Mägi das

Missgeschick, das in meinem Teller passiert sein musste. Und Mario tat seine Arbeit, räumte das Malheur weg, versorgte mich mit einem unversehrten Gulasch und füllte das Weinglas wieder auf. Sein Gesichtsausdruck zeigte keine Regung von Überraschung oder Entsetzen. Dann zog er sich mit einer leichten Verbeugung und entschuldigenden Kopfnicken wieder zurück.

Die Weinattacke von Mägi hatte eine überraschende Wende gebracht. Unser Gespräch blieb in der Folge ruhig und sachlich, bis zur endgültigen Einigung und liebevollen Versöhnung.

Der Ausklang des turbulenten Abendmahls fand schliesslich an der kleinen, intimen Hotelbar statt und endete mit verliebten Küssen der beiden Streithähne.

Selbst dem kleinen Kellner Mario, huschte ein Lächeln übers Gesicht.

Diese Szene im Schlosshotel hätte man durch beliebig viele Varianten ersetzen können. Mägi wiederholte sich nie. Ihr Ideenreichtum blieb unversiegbar.

Einmal kippte sie das legendäre Glas über meine Hose, oder die Kaffeetasse entleerte sich über meinem Dessert. Eine Gabel verfehlte meine Hand nur knapp und blieb im Tischtuch stecken. Oder das Messer ritzte die Haut auf der Handoberfläche. Der Phantasie sind keine Grenzen gesetzt.

Aber nach jedem Abend der heissen Diskussionen, folgte eine rauschende Nacht, die allen Ungemach vergessen liess.

Mehr und mehr liebte ich dieses Wilde, Unberechenbare und Raubtierhafte an meiner Partnerin. Es verlangte auch von mir Überraschendes – Unkonventionelles.

Obwohl – auch der traditionelle Liebesbrief konnte immer wieder Wunder wirken.

Side Steps...

Auseinandersetzungen im den eigenen vier Wänden, liefen etwas spektakulärer ab. Da warfen wir uns schon mal lautstark und wütend die Tatsachen um die Ohren.

Mägi beliess es öfters nicht nur bei Worten. Die Auswahl an Wurfgegenständen, gerade im Küchenbereich, war verführerisch und gross.

So war es nicht überraschend, wenn sie plötzlich die Pfanne vom Herd hob und diese dann samt Inhalt nach mir flog. Ihre Wut wurde allerdings noch grösser, wenn die Spaghettis samt Tomatensauce sich im Raum verteilten.

Aber es gab noch andere Utensilien, die sich einsetzen

liessen und weniger Spuren an Raum und Einrichtung hinterliessen.

Zuerst versuchte sich Mägi mit Einzelstücken. Die grossen und kleinen Messer verfehlten aber meist das Ziel.

Mit eleganten, zuweilen auch panischen Sidesteps wich ich den Wurfgeschossen glücklich aus. Wie ein Torrero, aber ohne das rote Tuch, versuchte ich dem wilden Stier auszuweichen. Ich brauchte das rote Tuch nicht. Meine Anwesenheit reichte um Mägi zu reizen und die Angriffe auszulösern.

Bei den Ausweichmanövern kam mir mein schlanker Körperbau enorm zu Hilfe. Die Stiere, – als Messer getarnt – fanden kaum eine Angriffsfläche.

Mägis kurzer, schnippischer Kommentar: "Ein Strich in der Luft muss man mit andern Mitteln bekämpfen!". Und schon flog die ganze Besteckschublade. Bei solchem Streufeuer blieb es nicht aus, dass ein Zufallstreffer kleinere Dellen hinterliess.

Überlebt habe ich jedes mal, nur beging ich meistens den entscheidenden Fehler, das Haus fluchtartig zu verlassen. Damit liess sich Mägi nicht bremsen.

Die Luft war noch nicht draussen – die Wut noch nicht verdampft.Solange eine Situation nicht endgültig und lückenlos geklärt war, blieb die Lage brenzlig und weitere Überraschungen liessen nicht lange auf sich warten.

Wenn Mägi einmal in Fahrt gekommen war, hielt sie nichts mehr auf. Kein Gegenstand war vor ihr sicher.

An einem Abend, nach hitzigen Diskussionen war mein whiskyfarbener Mustang Fastback, Baujahr 1967 das Mass aller Dinge. Ein wunderschönes Stück Automobil, bei dem jedem Ami-Fan die Spucke aus den Mundwinkeln tropft.

Dieses aussergewöhnliche, unschuldige und seltene Schmuckstück wurde zum Ziel meiner furiosen Ehepartnerin.

Unsere Krisendiskussionen waren beendet, ihre Meinung gefasst, verbrieft und verbürgt. Nun wurde zur Tat geschritten.

Vor dem Haus stand der 67er-Traumwagen, ich hatte die belastenden Vorwürfe nicht bestätigt und würde jetzt bestimmt versuchen, mich vor weiteren Diskussionen zu drücken, und – in der Garage stand ein schwerer Vorschlaghammer.

"Nun wollen wir doch mal sehen, ob eine veränderte Carrosserie, die Denkweise in Partnerschaftsfragen kurzfristig etwas verändern kann?" kroch es wutentbrannt durch Mägis Hirnströme.

Die gute Nachricht: Der Mustang kam ungeschoren davon. Als hätte ich es geahnt, war ich bereits auf der Piste und brachte das Lustobjekt aus der Schusslinie.

Die schlechte Nachricht: Mägis Wut konnte nicht verrauchen. Dieser Umstand bot den Nährboden für ihre Kreativität.

Im Moment war jede Gefahr gebannt. Aber für die Zukunft musste ich mir um das whiskyfarbene Blechding ernsthaft Gedanken machen.

Der Zeitpunkt für meine Befürchtungen lag gar nicht so fern. Die Erinnerung treibt mir noch heute Hühnerhaut über den Rücken.

Wir fuhren in meinem geliebten Mustang über die Autobahn. Eine heisse Auseinandersetzung drohte zu eskalieren.

Der Motor knurrte und schnaubte, wie ein potentes Rennpferd, als Mägi ohne Vorwarnung, wutentbrannt den Schlüssel aus dem Zündschloss riss und ihn aus dem Fenster warf. Sie schaffte es, dass der Motor aber weiterlief und ich den Wagen auf den Pannenstreifen lenken konnte. Glücklicherweise – denn ohne den weiterlaufenden Motor, wäre die Lenkung und die Bremsfähigkeit ausgefallen.

Der Schreck fuhr auch Mägi in die Knochen und liess sie, mindestens für einige Momente, recht handzahm werden.

Zeit sie in den Arm zu nehmen und zu trösten. Ihre Schuld war es schliesslich nicht, dass mein Auto ohne Schlüssel, keine Bewegung mehr machte.

Ab auf die Insel...

In Urlaubsfragen gehen die Ansichten oft getrennte Wege. Das Ziel, die Ansprüche, Reiseart, Komfort und Luxus bis hin zum Gepäck und dessen Umfang.

Plant man mit Mägi ein solches Reiseprojekt, sind intensive Vorbereitungen und damit verbundene Diskussionen unausweichlich.

Sie bevorzugt gerne Reiseziele mit grossem, antikem Hintergrund und einer grossen Geschichte. Pyramiden, Tempel, alte Gräber, Gruften, Mumien, Schlösser, Monumente, Ruinen und ähnliche Schätze stehen im Fokus. Ich ziehe Wasser, Palmen, Sand, Urwald und endlose Mangroven vor. Ich setze mich gerne in eine Strandbar und streune dem Meer oder einem See entlang.

Im Laufe der Jahre haben wir uns zusammen gerauft und darauf geeinigt, dass jeder seine Vorlieben leben darf. So hat Mägi ihre Steinblöcke, TajMahal, Grabstätten und Denkmäler bestaunen dütfen, wenn auch ohne meine Begleitung.

Trotzdem gab es natürlich immer wieder unsere gemeinsamen Adventures. Wie die Inselferien auf den Phillipinen.

Die erste Nacht im noblen Hotel in der Hauptstadt Manila. Dann mit dem Kleinflugzeug weiter und schliesslich im Boot mit Stabmixer-Antrieb zur kleinen Zielinsel.

Der erste Eindruck war märchenhaft. Robinson Crusoe

pur wie vom Reiseveranstalter versprochen; kein Strom, kein fliessend Wasser und nur wenig Touristen. Ganz nach meinem Geschmack.

Dann ging es auch schon richtig ab. Das Schiff ging zwar nicht im Sturm unter, wie bei Robinson. Unser Boot ankerte etwa fünfzig Meter vor dem Eiland. Ein Bootssteg war nicht zu sehen. Also ab ins blaue Nass. Das Gepäck musste durchs Wasser an Land geschafft werden.

Der kleine, hagere Bootsführer schaute etwas ungläubig auf das Gepäckstück im Rumpf und prüfte mit kritischem Blick meine körperlichen Umrisse. Als er keine entsprechenden Mukis erkennen konnte, liess er sich ins Meer gleiten. Er hechtete den riesigen Koffer auf den Kopf und kämpfte sich mit leidenden Blick ans Ufer. Ihm half die Tatsache wenig, dass das Schalenungetüm mit Rollen und Zugvorrichtung ausgestattet war.

Beschämt watete ich hinter dem kleinen Philipino her und achtete auf verdächtige Wasserbewegungen. Nicht auszumalen was geschehen wäre, wenn eine Meute weisser Haie uns aufgelauert und angegriffen hätte.

April, April! Es gibt dort gar keine weissen Haie – nur giftige Wasserschlangen. Die können aber ihren Kiefer nicht weit genug öffnen, um uns Menschen zu beissen.

So jedenfalls informierte mich unser kleiner Bootsführer, nachdem er das Monstergepäck unter Palmen deponiert und Mägi ihn für seinen selbstlosen Einsatz entlöhnt hatte.

Diskussionen rund um das Thema Gepäck, gab es zu diesem Zeitpunkt keine mehr. Dazu war unser Urlaubsort zu traumhaft.

Mit einem dankbaren Blick auf die Palmen, den Strand und das blaue Meer, dachte ich nur still vor mich hin: "Badehose, T-Shirt, eine Flasche Sonnenschutzmittel, Unterhose und Sommerschlappen hätte ich ohne Sklaven an Land gebracht."

Mägi war zufrieden, ich konnte mich nun entspannt vor den Bungalow setzen und den spektakulären Sonnenuntergang bestaunen.

Reisen bequem...

Man könnte meinen, dass der Mensch durch Erfahrung klüger wird. Zu meiner Schande muss ich gestehen, dies trifft auf mich nicht zu. Zumindest was das Thema Reisegepäck betrifft.

Nach den vielen Urlaubsreisen mit meiner Frau, überredete mich mein ältester Sohn Orlando, mit ihm einen lockeren, unkomplizierten Trip nach Thailand zu machen. Nur wir zwei – absolute Männersache.

Er hatte mich schnell überredet. Und um die ganze Angelegenheit im Vorfeld zu klären – wir planten keine Bumsferien.

Ich kannte Orlandos unkonventionelle Art zu Reisen. Zudem beherrscht er die Sprache perfekt und kennt das Land und die Sitten.

Alles lief perfekt – ausser die Gepäckfrage lieferte den üblichen Diskussionsstoff zwischen Mägi und mir.

Orlando benutzt immer nur eine Reisetasche. In diese passt alles rein, sogar sein Laptop.

Mägi hatte wieder einmal ihre eigenen Vorstellungen, obwohl nur meine Sachen verstaut werden mussten. Eine Reisetasche reicht nicht aus – der Koffer musste es sein. Die Auseinandersetzung schien unvermeidlich.

"Ich brauche ein T-Shirt, kurze Hosen, Badehose, den Pass, Flugticket und Geldbörse – fertig. Alles andere kaufe ich mir vor Ort."

Irrtum!

"In deinem Alter reist man nicht ohne..." Mägi fand eine ganze Menge Dinge, die ein älterer Herr – wie ich es inzwischen schliesslich war – auf einer Reise unbedingt dabei haben musste.

Es lief nach der bekannten Regel ab: ...und die Frau hat immer Recht. Sie hatte sich erfolgreich durchgesetzt.

Und es kam dann auch, wie es unweigerlich kommen musste:

Ich zog meinen Koffer – mit Rädchen bestückt – über

Stock und Stein, auf holprigen Naturwegen und über schlammige Pfade.

Auf einer Insel mit dem Boot angekommen, auch über den etwa zwanzig Meter langen, vierzig Zentimeter breiten und gefährlich schwankenden Holzsteg.

Orlando trug meist nicht nur seine praktische Reisetasche, sondern auch mein Megabag.

Er äusserte sich aber nie negativ über diesen Zustand, obwohl ich es ihm nicht übel genommen hätte.

Er kannte seine Mutter in ihrer ganzen Bandbreite und all den Maken.

Aber – wir lieben diese Verrückte! Sie wird auf unserer nächsten gemeinsamen Reise, bestimmt wieder ein paar Überraschungen bereit halten. Wetten?

Trotz der kleinen Widrigkeiten wurden es megageile, unvergessliche Urlaubstage.

Mägis Meisterstück...

Auch aussergewöhnliche Träume wurden wahr. Neue Ideen liessen sich in der Partnerschaft mit Mägi verwirklichen. Ich schaffte es, meine Familie mit verrückten

Plänen zu überzeugen. Meine Anliegen stiessen auf Verständnis. Ich fand offene Ohren und grosszügige Herzen für meine Wünsche.

"MOSKAU EINFACH... Irgendwann hatte ich das Gefühl, dass ich eine Luftveränderung ganz dringend brauche. Es ging mir nicht schlecht. Ich hatte eine tolle Familie, eine wirklich heisse Frau, drei Super-Söhne, einen recht guten Job, wir bewohnten ein heimeliges Haus und - bis auf ein paar unwichtige Wehwehchen war ich immer gesund durchs Leben gekommen.

Aber ich war mit Vielem unzufrieden - vor allem, mit mir selber. Und ich wollte für einmal weg von Verantwortung, Ansprüchen, Forderungen. Ich hatte die Nase voll von Steuerformularen und Ämtern, von Bürokratismus und Pflichten ganz allgemein.

Ich suchte auch ganz bewusst den "Flirt mit der Einsamkeit", um in Ruhe nachdenken zu können - über die Vergangenheit und mehr noch – über die Zukunft.

Der Fachmann würde diesen Gemütszustand wohl als Midlife-Krisis bezeichnen. Was immer es auch war, ich glaubte mit meinem Plan auf dem richtigen Weg zu sein. Psychiater wollte ich jedenfalls keine konsultieren.

Zugleich wollte ich ein politisches System kennen lernen, das ich bisher nur aus den Medien theoretisch beschnuppern konnte. Ich wollte die Länder und deren Menschen erleben und deren System hautnah spüren.

Also suchte ich auch Länder und Routen, die touristisch noch möglichst unverdorben schienen.

Was lag da näher als die CSSR, Polen und die UdSSR? Ein fast sicheres Versprechen für die Erfüllung meiner Vorstellungen.

Nun konnte ich aber nicht einfach die Koffer packen oder den Rucksack stopfen und lostrampen.

Der eiserne Vorhang bildete ein Hindernis mit vielen Siegeln. Bewilligungen, Visum und mehr für doie Ostländer.

Ich schrieb an Botschaften, Ministerien und und und... Absagen mit und ohne Begründungen. Moskau könnte ich per Bahn, Flugzeug, Auto oder Motorrad erreichen, aber nicht zu Fuss. So stand es in irgenndwelchen Vorschriften.

Ich gab meinen Traum schon fast auf, als eine Einladung der Sowjetischen Botschaft in Bern im Briefkasten lag. Die Nation feierte die Gründung der Sowjetunion mit hochrangigen Gästen aus Nordkorea, Nordvietnam, China und vielen anderen Oststaaten.

Militärs in bunten Uniformen tummelten sich in den riesigen Räumen der Botschaft, diskutierten in unverständlichem Sprachengewirr, soffen Wodka und Krimsekt in rauhen Mengen. Ich verstand kein Wort von den vielen Reden, die feierlich und pompös zelebriert wurden. Aber ich verspürte die Faszination des Unbekannten.

Wir genossen die Veranstaltung, hielten uns aber immer am Rande des Geschehens auf. Ich konnte ja schlecht mitdiskutieren.

Ein Brief an den damaligen Präsidenten der UdSSR Michael Gorbatschow, hatte die Tür einen Spalt geöffnet. Diesen Brief hatte ich natürlich ins Russische übersetzen lassen um mehr Wirkung zu erzielen.

Etwas später waren Mägi und ich Gast im UdSSR-Pavillon der Muba in Basel und endlich gab es ein persönliches Gespräch mit Botschafter Ipolitov. Dabei versuchte ich meine Motivation für einen Fussmarsch nach Moskau anzubringen.

Trotzdem blieb noch ein langer Weg zum ersehnten Ziel. Diese Zeit überbrückte ich zusammen mit Mägi beim Russisch-Sprachkurs. Iwan, unser Lehrer versorgte mich mit nötigen und lebenswichtigen Worten einer schwierigen Sprache, die erst einmal ein komplett neues Alphabet verlangte. Nichts, aber auch gar nichts liess sich von unserer lateinischen Sprachart ableiten. Zur Belohnung winkte dafür in jeder Lektion ein tüchtiger Schluck Wodka. Zugegeben – manchmal auch zwei oder drei.

Die Sponsorensuche liess sich inzwischen auch erfolgreich abhaken. Zwei grosse Zeitungen, eine private Radiostation, eine Renovationsfirma und eine bekannte Brillenfabrikantin unterstützten mich finanziell. Eine wichtige Voraussetzung für mein Vorhaben war damit erfüllt.

Nach zwei Jahren Hoffen und Bangen trafen die nötigen Bewilligungen und Visa endlich ein. Alles wurde bis ins Detail vorgeschrieben. Die Grenzübertritte waren auf Tag und Zeit festgelegt, was bedeutete, dass ich mein Tagespensum von fünfzig Kilometern unbedingt einhalten musste.

Aber solche Vorgaben bremsten die Euphorie über mein Ziel in keiner Weise.

Am 21. Mai 1989 verabschiedete ich mich von Familie, Hund, Katzen und Papagei - Deutschland war mein erstes Ziel.

Es begann vielversprechend. Bei wunderschönem Wetter bin ich durch herrliche Landschaften gewandert. Es wurden die gewünschten unbeschwerten Tage und ich fand Zeit im Übermass, über Gott und die Welt nachzudenken. Zwölf bis vierzehn Stunden am Tag hat mich kein Mensch genervt. Ich durfte einfach marschieren und geniessen. Traumhafte Gasthöfe warteten an den Etappenorten und stillten meine Gaumenlüste. Zufrieden konnte ich dann in ein einladendes Bett steigen, in die weichen Federn sinken und dem nächsten Tag entgegenträumen.

Baden-Würtemberg, das Allgäu, Bayern und der Bayrische Wald verwöhnten mein Auge, mein Herz und meine Seele geradezu mit ihren Schönheiten, Annehmlichkeiten und Sehenswürdigkeiten. Ich lebte wie die "Made im Speck". Probleme blieben ein Fremdwort - nicht einmal die Füsse oder Beine verdarben mir den Spass. Es war ganz einfach traumhaft. Es gab Momente, da glaubte ich den Faden zur Realität zu verlieren. Bei dieser geballten Ladung Natur verlor sich sogar der Gedanke an eine bedrohte Umwelt. Die Bedrohung blieb meinen Augen verborgen.

Ganz abgehoben aber habe ich trotzdem nie. Ich war mir immer wieder bewusst, dass ich einen ganz besonderen Weg gewählt hatte. Links und Rechts meiner Wanderroute herrschten auch andere Verhältnisse, die kein Auge trüben konnten.

Das einzig störende in dieser Bilderbuchwanderung: die unzähligen Europawahl-Plakate, die auch im abgelegendsten Winkel, links und rechts des Weges, die Realität nicht vergessen liessen. In grossen Buchstaben wurden alle Probleme wieder sichtbar, erhobene Mahnfinger und happige Schlagworte versprachen Unheil und Lösungen.

Trotzdem - ich genoss in vollen Zügen. Und dann erreichte ich ein erstes Zwischenziel meiner Vorstellungen: die tschechische Grenze. Der Westen verschwand hinter mir.

Schon der erste Eindruck riss riss mir brutal den Schleier von den Augen. Ich sah und erlebte das erste mal, was Grenzen wirklich bedeuten können. Es war nicht mehr bloss ein Grenzbaum, der über den Weg hing und fast nur symbolisch zum Halten aufforderte. Hier waren es Stacheldraht, Wachtürme, elektronische Überwachungsanlagen und Zöllner mit Maschinenpistlen, die ein bedrohliches Bild von Sicherheit malten. Ein bedrückender Anblick für einen Schweizer, der gewohnt ist, sich frei zu bewegen. Dieser Moment veränderte fast alles in meiner Gedankenwelt. Und auch tatsächlich begann eine neue Zeit. Ich suchte nun vergeblich nach gewohnten Wanderwegen, den gemütlichen Gasthöfen und gezwungenermassen musste ich auch kulinarisch ein paar Zähne zurückstecken.

Die Füsse schrien am Abend förmlich nach Erholung und das Gemüt wurde in den kalten, unpersönlichen Unterkünften gewaltig gefordert.

Aber - ich lernte Menschen kennen, die etwas besassen, das ich im gewohnten Leben öfter vermisst hatte: Gastfreundlichkeit, Herzlichkeit und Menschlichkeit. Diese Erfahrung liess zum grossen Teil vergessen, was die Füsse, das Auge und der Magen ertragen musste. Ausserdem redete ich mir sofort ein, dass es sicher schon in Polen wieder anders werden würde.

Schon bei diesem Gedanken hätte ich es eigentlich wissen müssen, dass ich mich selber betrüge. Aber das ist schliesslich eine der Stärken, dass sich der Mensch lieber selber betrügt, als den Tatsachen in die Augen zu schauen.

Ich wollte in diesem Land vielleicht alles ein wenig anders empfinden, als ich es gewohnt war. Schliesslich befand ich mich im kommunistischen System und das Fremde ist bekanntlich auch reizvoller als das Bekannte. Die Füsse trugen mich weiter. Die täglichen Wanderration von fünfzig Kilometern wurde immer weniger berechenbar. Vielleicht fand ich eine Schlafgelegenheit, vielleicht aber erst zehn Kilometer weiter.

Mit dem Grenzübertritt nach Polen wurde ich endgültig mit dem System konfrontiert. Ab diesem Moment wurde vieles - für mich völlig Selbstverständliches - zum Unmöglichen. Das Unbekannte wurde zum Unglaublichen, zum unverständlichen und absurden Erlebnis. Lebensmittelgeschäfte mit leeren oder zumindest fast leeren Regalen, davor eine lange Schlange von Menschen, die versuchten, etwas von dem Nichts zu ergattern. Engpässe in der Versorgung von völlig alltäglichen Gütern und Produkten bekam man einfach nicht zu sehen. Versorgungsprobleme aber auch in Gaststätten, Hotels und Restaurants.

Auch ich wurde trotz den begehrten Devisen im Sack, nicht verschont. Für Alles und Jedes in die Schlange stehen, geduldig warten bis ich an der Reihe war und - vielleicht, wenn ich Glück hatte, zu einem Schnäppchen zu kommen. Ein Viertelpaket Zigaretten, eine kleine Büchse mit einem käseartigen Brotaufstrich, ein paar Erdbeeren - davon gab es im Überfluss und ein Sträusschen Blumen. Nur diese füllten den Magen nicht und in meinem Rucksack war auch kaum Platz für eine Vase.

Der Menuplan wurde noch etwas einfacher und eintöniger. Nach drei Tagen Polen musste ein Riemen vom Rucksack meine Hose festhalten.

Das erste mal in meinem Leben spürte ich, was hungern heisst, - etwas bisher völlig unvorstellbares.

Trotzdem wurde ich auch jetzt wieder von den Menschen in diesem Land überrascht. Ohne Murren und ohne jede Aggression standen sie geduldig in der langen Wartereihe, warteten und hofften, schlussendlich mit etwas Wenigem im Einkaufsnetz belohnt zu werden.

Nur das Lachen schien ihnen abhanden gekommen zu sein. Die Gesichter schienen Stumpf und die Augen leer. Vielleicht war es dieser Umstand, der mir in diesem Land alles Grau erscheinen liess. Ich begann rasch jegliche Farbe zu vermissen. Die Häuser, die Strassen, die Landschaft und sogar der Himmel schien vom gleichen Grau zu sein. Da konnte selbst die Sonne nichts verändern. Sie konnte auch den Menschen die Angst nicht nehmen, eine Angst, die immer und jederzeit spürbar war. Gespräche fanden fast nur hinter vorgehaltener Hand statt, so als könnte Irgendwer sogar das Klagen von den Lippen ablesen.

Nicht zu übersehen war zudem: In Polen herrschte ein riesiges Alkoholproblem. Kaum ist die Fabrik aus, sind die Männer auf der Jagd nach Bier und Schnaps. Gierig leeren sie das mühsam erstandene Labsal in die Hälse und schon bald liegen sie wie tote Fliegen in den Parks, auf den Bänken oder hinter den Büschen der unzähligen Erhohlungsparks. Ein trauriger Anblick, denn auf der einen Seite konnte ich die Flucht in den Alkohol gut verstehen, auf der andern Seite blieben die Frauen auf der Strecke.

Gerade sie waren in diesem Land besonders gefordert. Sie stehen genau wie die Männer, jeden Tag in der Fabrik, auf der Baustelle oder sonst einer anstrengenden Arbeit, selbstverständlich für den halben Lohn. Am Feierabend, wenn die Männer auf Alkoholjad gehen und anschliessend ihren Rausch ausschlafen, stehen die Frauen im Einkaufsstress, müssen die Kinder aus dem staatlichen Kindergarten abholen und schliesslich den Haushalt besorgen.

Weil der Lohn des Mannes ausschliesslich in der Flasche aufgeht, bleibt auch das finanzielle Problem an der Frau hängen, mit ihrem kärglichen Einkommen, die Familie zu versorgen.

Ein bitteres Los - ein Los, das diese Frauen aber mit erstaunlicher Stärke tragen.

Erstaunlich auch, dass trotzdem kaum ein Emanzipationsgeschrei zu vernehmen ist, wie das in meinem Lebensraum sonst üblich ist. Aber eigentlich auch nicht erstaunlich, weil diesen Frauen - neben den unzähligen Pflichten, Aufgaben und Verantwortung, kaum Zeit bleibt, sich zu organisieren und über ihr Schicksal zu lamentieren.

In meinen Ohren klang es allerdings peinlich, wenn mir im Gespräch mit den Frauen immer wieder gesagt wurde: "Unsere Männer kann man für nichts gebrauchen, als zum Saufen!"

In den folgenden Tagen reifte ein Entschluss langsam aber unumstösslich: die Reise vorzeitig abzubrechen. Es war nicht nur ein negativer Umstand, der das ursprüngliche Ziel - die sowjetische Hauptstadt Moskau - immer mehr verblassen liess. Ich war einfach überzeugt, dass ich mit diesen Verpflegungs- und Unterkunftsproblemen fertig werden könnte. Die schlechten Strassen und Wege, die öde Landschaft wären zu überbrücken gewesen. Aber die menschliche Not und die tägliche Begegnung mit menschenunwürdigen Zuständen drückten gnadenlos auf meine Psyche.

Der endgültige Entschluss fiel mir in Warschau dann relativ leicht.

Zu meinem 44. Geburtstag besuchte mich meine Frau Mägi in der polnischen Hauptstadt. Im gleichen Zeitraum tobten massive Demonstrationen gegen die bestehende Regierung und für Solidarnosch mit Walensa um unser Hotel. Die Stadt stürzte in ein Chaos und ich konnte mit eigenen Augen erleben, wie Militär und Polizei mit unglaublicher Brutalität und Rücksichtslosigkeit gegen Demonstranten und Unbeteiligte Passanten vorging.

Dieses Erlebnis bestätigte den Entschluss, das Abenteuer "Moskau einfach" endgültig abzubrechen. Ich wollte und konnte nicht mehr durch ein Land wandern, in dem die Menschen unter derart unwürdigen Umständen, in Angst und Unfreiheit leben mussten. Als "Froher Wandersmann" fühlte ich mich völlig fehl am Platz.

Nach dreiundvierzig Tagen bin ich wieder in der Schweiz gelandet und mein erster Gedanke war: "Ein Paradies - ganz einfach das Paradies."

Ich durfte Unvergessliches sehen, fühlen und erfahren. Hin und wieder nehme ich das Tagebuch mit den Reisenotizen zur Hand und träume den Traum der wahr wurde, immer und immer wieder.

Dabei spiegelte sich natürlich immer auch das Bild von Mägi über all dem Erlebten. Sie hatte den ursprünglichen Wunsch akzetiert, mir die Freiheit zum Erleben zugestanden und wieder einmal bewiesen, dass sie nicht nur verrückt, sondern auch Grossherzig sein kann.

Ich liebe diese kleine Verrückte über Alles. Und ich will mich noch mehr anstrengen, einiges wieder zurückzugeben.

Tierische Zeiten...

Irgendwann müssen auch die Vierbeiner von Mägis grossem Helferherz erfahren haben.

Die Katzen übernahmen nach und nach das Kommando in unserem Haushalt.

Zuerst war es nur Chicca, eine schrecklich verwöhnte und anspruchsvolle Katzenlady. Chicco, das männliche Gegenstück folgte bald. Dann ging es Schlag auf Schlag. Irgendwann wurde es zum Rudel mit Bonsai, Hexe, Pixel, Praliné, Japsi , Murphy, Django und wie sie alle hiessen. In Spitzenzeiten konnten es schon mal fünfzehn Asylanten sein.

Das bedeutet akute Platzprobleme auf dem Sofa, der Bettdecke, auf Stühlen und Sesseln.

Die haarigen Geschöpfe wurden zu den absoluten Lieblingen meiner Frau – mit allen Vorzügen und Freiheiten ausgestattet.

Ob ich nun im Bett meine Beine unter der Bettdecke ausstrecken konnte, lag ganz am Wohlwollen der Vierbeiner. Hat sich eine oder auch mehrere der Wollknäuel zur Nachtruhe eingerichtet, gibt es für meine Stelzen kein Durchkommen mehr. Dann bleibt nur noch die Embriostellung und eine unbequeme, schlafarme Nacht.

Reklamieren hilft nicht weiter. Ich ernte höchstens vorwurfsvolles Fauchen der tierischen Bettgefährten oder – verständnislosen Tadel von Mägi. "Du willst doch nicht etwa diese armen Kätzchen in ihrer Ruhe stören?"

Diese "Kätzchen" bringen zum Teil bis zu neun Kilogramm auf die Waage. Ein Verschieben mit den Füssen wird zum Kraftakt. Die Beine auf der Decke, bedeuten zerkratzte Haut und blutiges Fleisch.

Energie haben alle im Überfluss. Der Speisezettel ist täglich üppig ausgestattet. Unmengen von Büchsen, Beuteln und Schälchen warten im Küchenschrank auf die Fressbande.

Wenn ich am Morgen aus dem kleinen Bettabteil krieche, die gefühllosen Beine strecke und sie zur vollen Länge ausfahre, die zusammengezogenen Muskeln sich wieder dehnen und endlich auf den zerkratzten Füssen stehe, arbeitet mein Gehirn bereits an einer neuen Taktik für die nächste Nacht.

Nur – eine befriedigende Lösung hat sich bis heute nicht ergeben. Und Mägis Theorie wirkt auf mich auch nicht gerade überzeugend: "Vielleicht werden wir im nächsten Leben als Katzen geboren. Dann bist du froh, wenn dich die Menschen anständig behandeln!"

Klingt tröstlich. Aber was, wenn ich das nächste Mal mit extrem kurzen Beinen geboren werde – zur Strafe, weil ich deren volle Länge in diesem Leben nicht genutzt habe?

Vielleicht sind diese Fragen und Antworten der Grund dafür, dass ich nicht unbedingt an eine Wiedergeburt glauben will.

Tiere sind ein fester Bestandteil in Mägi`s Leben geworden. Allerdings sind einige Ausrutscher vorausgegangen, die ihr bis heute in peinlicher Erinnerung haften geblieben sind.

Krokotaschen, Schlangenleder-Schuhe und -Gürtel übten einst eine unwiderstehliche Faszination auf sie aus. "Muss ich unbedingt haben!" flüsterte ihr ein mieser, kleiner Gnom ins Ohr, wenn sich eine solche Exklusivität anbot. Auch Ozelot, Tiger und Co. war kaum zu widerstehen.

In den unvermeidlichen Diskussionen mit Gegnern ihrer Lustobjekte, gab sie ihr klassisches Argument zum Besten: "Die Tiere waren ja schon tot. Also hat man aus ihnen schöne Dinge gefertigt." Autsch!

Tierschützer sollten sich aber keine Gedanken mehr machen. Mägi ist und war ungefährlich. Und sie steht nun hunderfünfzig Prozent auf der richtigen Seite. *Den "Bazi" wird`s freuen, wenn er das liest.*

Sie kümmert sich um jede tierische Kreatur, ob sie kriecht, läuft, schwimmt oder fliegt.

Und wie! Ihre Fragen kann ich gar nicht alle beantworten. Allerdings zweifelt sie auch an meinem umfassenden Wissen im Bereich der Tierwelt.

Beispiel: Wir fahren über Land. Ein paar Kühe grasen im Regen, zwei Pferde stehen auf der Weide im Nebel oder eine Herde Schafe, zupft im Schnee das karge Gras aus dem gefrorenen Boden.

Mägi entsetzt: "Warum haben diese Tiere keinen Unterstand? Die frieren doch entsetzlich und werden krank!"

Ich: "Keine Sorge, den Viechern macht das nichts aus. Die haben eine dicke Haut oder sind vom dichten Fell ausreichend geschützt. Und Schafe lieben den Winter in der freien Natur."

Mägi: "Jeder erzählt das. Wie wollt ihr das wissen? Ich glaube es erst, wenn die Kuh, das Schaf oder das Pferd zu mir sagt: "Ich finde es geil im Regen oder im Schnee zu stehen."

Basta. Jeder weitere Erklärungsversuch ist sinnlos.

Genau so sinnlos, als wenn ich die seltsamen Geräusche reklamieren würde, die unsere Katzen in der Nacht von sich geben. Sie erinnern mich an die Nächte im Militärdienst, wenn fünfzehn Männer in einem Schlafsaal nächtigen. Schnarchen ist dann meist das kleinste Übel.

Umbauen und Möbel rücken...

Umbauen oder Möbel in der Wohnung umstellen, sind Begriffe, die nicht einmal gedacht werden dürfen. Allein der stille Gedanke, kann bei Mägi eine Euphorie auslösen, die nicht mehr zu stoppen ist.

Egal ob sie ein Zimmer bewohnt oder eine ganze Villa zur Verfügung hat, die Möbel und andere Einrichtungsgegenstände – und sind sie noch so gross und schwer – stehen kaum mehr als zwei bis drei Tage am selben Ort. Bist du auch noch ein Gewohnheitstier, kann das schmerzhafte Folgen haben.

Ich will schlicht und einfach zu Bett gehen. Den Weg könnte ich im Dunkeln finden. Musste ich auch, denn durch die ständige Möbelrückerei war nur die Nachttischlampe in Betrieb. Die Deckenbeleuchtung hatte ihren neuen Standort noch nicht gefunden. Das Problem stellt sich aber bereits nach den ersten Schritten im Schlafzimmer. Ich krache mit dem Schienbein gegen das spitze Eckteil der Bettkante.

Dabei war ich mir sicher, dass ich nach der Tür ohne Hindernisse bis zum Fenster gehen konnte, dann eine Drehung nach links, zwei weitere Schritte und schon stehe ich vor meinem Bett.

Dachte ich. – Irrtum!

Mägi hatte ihren immer wiederkehrenden Anfall gehabt und das Zimmer komplett umgestellt.

Ich fluche verärgert und reibe mir das schmerzende Bein.

Aus dem Wohnzimmer dringt eine warnende Stimme zu mir: "Sei vorsichtig im Schlafzimmer. Die Deckenlampe funktioniert noch nicht!"

"Danke für den Hinweis, aber mein Schienbein ist bereits lädiert", sagte ich zu mir selbst.

Ich hätte es wissen müssen, dass man nur mit offenen Augen einen Raum betritt und am besten auch zuerst den Lichtschalter dreht.

Es kann vorkommen, dass auch ein Sessel nicht mehr am gewohnten Ort steht. Wenn es dein Lieblingssessel ist, in den man sich so gerne reinfallen lässt, kann es recht unangenehm enden.

Aber dann halt nicht ins Bett und auch nicht im Sessel chillen.

Also schaffe ich im Büro wieder einmal etwas Ordnung im bestehenden Chaos: Rechnungen, Quittungen, Belege, Unterlagen sortieren und einordnen.

Wenn ich den Schrank mit den entsprechenden Ablageordnern, den Dokumentenlocher, den blauen Bosticher, die gelbe Mappe, die Schere, den orangen Marker und und und greifen könnte, wäre die Aktion ein Kinderspiel.

Doch nichts ist mehr dort, wo es Gestern oder Vorgestern noch lag.

Die Kästen und Regale sind umgestellt, die Schubladen umgeräumt und meine Arbeitswut brutal unterbrochen.

Mägi fand auch in dieser Situation eine simple und passende Erklärung:

"Wie konntest Du in deinem Puff überhaupt noch etwas finden? – Jetzt herrscht wieder Übersicht. Du wirst in Zukunft viel entspannter arbeiten können."

Natürlich – toll gemacht! Ich bin begeistert, auch wenn ich immer noch auf der Suche nach einem ganz bestimmten Speicherstick bin.

Die Sterne lügen nicht...

Irgendwann wurde ich neugierig, was die Sterne über Mägi zu berichten wussten. Ich wollte mehr erfahren über dieses bemerkenswerte Sternzeichen – den gefährlichen Skorpion.

Mir musste niemand mehr erklären, dass das Tier über einen gefährlichen Stachel verfügte. Diese spitze Waffe kannte ich inzwischen.

Die Astrologie zeichnete mir ein bekanntes Gesicht. Ich sah sie direkt vor mir. Jedes Wort wurde ein Pixel im Portrait meiner Partnerin.

Die Informationen lieferten nackte Tatsachen am laufenden Band und sie trafen mitten ins Schwarze.

"Eine Skorpionin ist nicht im Sturm zu erobern. Man muss auf der Hut sein, denn sie gilt für jeden Liebhaber als ebenso gefährlich wie die "Schwarze Witwe". Sie hat wahre Röntgenaugen, mit denen sie ins Innerste ihres

Partners schauen kann. Bei einer Verabredung sind Blei-
weste und getönte Brille unbedingte Pflicht." (Zitat aus
der Astrologie)

Alles klar! Dieser Aussage kann ich nichts dagegen halten. Mein Skorpionweibchen zu erobern war ein hartes
Stück Arbeit und die Pflege erforderte eine Menge Fin-
gerspitzengefühl, um mich nicht am gefährlichen
Stachel zu verletzen.

Ein Aquarium ist für jeden Zierfisch-Liebhaber ein fas-
zinierendes Vergnügen. Man schaut durch das eine Glas
ins Wasser, sieht die Bewegungen der Fische in jedem
Detail und kann schliesslich auf der andern Seite raus-
schauen. Ein Röntgengerät mit Wasser. Toll! Mich hat
dieses Planschbecken in vielen Wohnzimmern, aber nie
fasziniert. Im Gegenteil – mir tun die Tiere leid.
Schwimmen ohne Ende und das erst noch, unter Dauer-
beobachtung. Sogar das Liebesleben der schwimmenden
Kreaturen ist öffentlich. Da helfen auch die dürftigen
Wasserpflanzen nichts. Kein Arsch lässt sich hinter den
dünnen Halmen und kleinen Blättern verstecken.

Was muss das für ein Leben sein – ohne Privatsphäre
aber mit Dauer-Publikumspräsenz?

War ich nicht selber einer dieser Kreaturen hinter der
Glasscheibe? Der Gedanke ist nicht von der Hand zu
weisen.

Mägi – mein Skorpion, wusste immer oder ahnte es zumindest, was ich denke, wie ich fühle und handle. Mir fehlte eindeutig die schützende Bleiweste und die getönte Brille.

"Die Skorpionin verliert ihr Ziel nie aus den Augen. Aber: sie kann sich beherrschen. Niemand soll merken, wenn sie ihr Ziel mal nicht erreicht." (Zitat aus der Astrologie)
"Jedes Sternzeichen wird von einem Planeten beherrscht. Nur der Skorpion verweigert eine solche Partnerschaft. Er zieht es vor, sich selber zu beherrschen." (Zitat aus der Astrologie)

Ein konkretes Erlebniss bestätigt die Aussagen der Astrologen augenblicklich.

Während ich in den Unterlagen der Sterndeuter nach Informationen suche, taucht Mägi auf und stellt einen ganz klar formulierten Wunsch: "Wenn du in Zukunft die Zähne putzt, dann achte bitte darauf, dass nicht der ganze Waschtisch mit Zahnpasta verspritzt ist!"

Ich wehre mich natürlich umgehend und stellte klar, dass ich meine Zähne – die Dritten übrigens – mit äusserster Vorsicht bürste und die Verunreinigung nicht von mir sein kann.

"Wollen wir wirklich darüber diskutieren?" fragt sie sanft und streichelt dabei mit den Fingern über meinem Hinterkopf. "Da bildet sich ja eine kleine Lichtung im

Haar!" stellt sie – abweichend vom Thema – ganz nebensächlich und bemitleidend lächelnd fest.

Damit verliess sie den Raum und ich widmete mich wieder meinen astrologischen Nachforschungen.

Am Ende war ich mir sicher, dass ich einen echten Skorpion als Partner an meiner Seite habe. Und wenn man diese Bestätigung einmal bekommen hat und diese Tatsache akzeptiert, rücken alle Ereignisse der Vergangenheit in ein klares Licht. Überraschungen kippen einen nicht mehr aus den Schuhen. Der Skorpion als Partner wird fast unentbehrlich. Ohne ihn wäre Langeweile angesagt.

Darum geniesse ich jede Sekunde, die mir das Leben mit Mägi schenkt. Nervenkitzel nicht ausgeschlossen.

Und wie Erfahrungen der Vergangenheit gezeigt haben, werde ich in der Beziehungs-Wissenschaft nie ausgelernt haben. Jeder Tag kann neue Überraschungen, bringen. Mägi wird es schon richten.

Was es noch zu sagen gäbe...

Mägi ist wunderbar. Sie ist eine begnadete Köchin – wenn sie Lust dazu hat. Sie überrascht mit einer abwechslungsreichen Küche. International zwar etwas Asienlastig, was schon mal zu Konflikten führen kann.

Indien und Thailand überschwemmen meinen Magen manchmal mit Millionen von Reiskörnern – grünem, gelbem und rotem Curry, und – die gemeinen, kleinen Chilischoten kratzen fürchterlich im Hals. Es kann aber auch arabischen Einschlag haben.

Dann ist es durchaus möglich, dass ich mich einfach nach einer währschaften Rösti und Bratwurst sehne.

"Banause" oder "Bünzli" stecke ich dann locker weg, wenn das Ganze nicht auch noch von Bollywood begleitet wäre.

Auf dem Fernsehschirm singen und tanzen "Shahrukh Khan" und Co. durch schwülstige Liebesgeschichten der indischen Kultur. Und das alles auch noch vor der Kulisse unserer Schweizer Bergwelt.

Die Kühe artikulieren sich glücklicherweise international. Muh heisst auch übersetzt Muh. Sollte ein Tier trotzdem mit Akzent muhen, wird die Musik und der Gesang das Malheur überdecken.

Mägi gefällts und ich darf – muss aber nicht unbedingt – das Vergnügen teilen.

Als Mutter hat sie bestanden. Ich bin sicher, dass mir unsere drei Söhne zustimmen werden. Sie haben ihre leicht flippige Mutter immer einschränkungslos akzeptiert. Ihre Berufsziele sind zwar von den Erreichten krass abgewichen.

Den Traum vom gefeierten Ballettänzer ging in die Strumpfhose, die Vorstellung eines Starfigaro musste Haare lassen und Karl Lagerfeld muss die Konkurrenz eines neuen Modedesigners aus dem Hause Roth nicht fürchten.

Balletschuhe und weisse Tütüs, die modisch und farblich ausgeflippten Kleider und die Pinkstiefel haben alle drei Teens schadlos überstanden. Bleibende Schäden jedenfalls sind nicht festzustellen.

Ich gehe weiterhin fleissig zu Doktor DoLittle, wenn ein Frosch ein neues Sprunggelenk braucht, der Igel Schuppen im stachligen Pelz bekommt, die Spinne im Hüftgelenk lahmt oder die Maus der Eckzahn schmerzt. Schliesslich sind es Kreaturen, wie andere Menschen auch.

Im Bett zieh ich weiterhin artig meine Beine an, damit Chicca, Bonsai und ihre haarigen Artgenossen die verdiente Nachtruhe geniessen können.

Ich räume – ohne zu meckern – Hindernisse und Barikaden vor Fenster und Türen weg, wenn ich eine Prise Sonne oder frische Luft reinziehen will.

DieVergangenheit hat gezeigt, dass sich damit umgehen und leben lässt. Vor allem, wenn man eine wunderbare Partnerin an der Seite hat.

Was die jüngst aufgeblühte Faszination bei Mägi an schweren Maschinen noch bringt, wird die Zeit zeigen. Motorsäge, Bohrhammer und Konsorten lassen grüssen.

Die Zukunft kann kommen! Ich bin bereit zur Fortsetzung des verrückten Reigens mit meiner Partnerin. Aber bitte – dem Alter angepasst – ein bisschen gemächlicher!

Schlussgedanken...

Der Begriff *"Gleichberechtigung"* hatte für mich nie eine wirkliche Bedeutung. Es war nur ein Wort, das bei mir in der unsinnigen Neudeutsch-Wortkiste schlummerte. Es war kein wichtiger Begriff, der in meinem Denken und Wortschatz Verwendung hatte.

Irgendwann – am Ende der 70er-Jahren geisterte dann plötzlich "Die unterdrückte Frau" durch die Medien.

Frustrierte und enttäuschte Frauen begannen histerisch zu kreischen und fielen giftelnd über die Männerwelt her.

Die Feministin und Frauenrechtlerin war geboren, womit die zerstörerische Schlacht zwischen den Geschlechtern begann.

Damit startete auch die langsame und stetige Vernichtung der Institution "Partnerschaft".

Ich bin absolut nicht der Meinung, dass der Mann unantastbar ist oder bleiben sollte. Er ist keine perfekte

Kreation einer unfehlbaren Himmelsfabrik. Verbesserungs- und Besserungsbedarf stet in vielen Punkten an.

Die Frage ist nur, ob die Chef-Feministin Alice Schwarzer und ihre Mitstreiterinnen, den richtigen Weg gewählt haben.

Ich sage ganz klar Nein. Die Guerilla-Feministinnen haben sich von Anfang an im Ton vergriffen. Sie haben eine ganz wichtige Regel, die in jeder Diskussion eine tragende Rolle spielt, übersehen: *"C`est le ton, qui fait la musique".*

Miteinander reden, austauschen und dabei die Kritikpunkte ins Gespräch einbringen, die störend auf die Partnerschaft einwirken. Das wird oder kann im Streitgespräch beginnen, was aber nicht heissen will, dass es im Krieg enden muss.

Eine gesunde Streitkultur ist durchaus förderlich für die funktionierende Partnerschaft. Streitgespräche beleben das Miteinander und stärken das gegenseitige Vertrauen, vorausgesetzt – die Auseinandersetzung verläuft in fairen Grenzen.

Solche Aktionen müssen nicht unbedingt in der häuslichen Umgebung geführt werden.

Bei einem feinen Essen in romantischer Athmosphäre oder einem Glas Wein in der vertrauten Kneipe, aber – natürlich nicht gerade am Stammtisch.

In neutralen Wänden ist das Gespräch überlegter und

von zu explosiven Emotionen eher geschützt. Jeder Betroffene wird seine Worte sachlicher wählen, sodass unnötige Kränkungen vermeidbar bleiben.

Das soll aber nicht ausschliessen, dass ausnahmslos alle Punkte der Unzufriedenheit auf den Tisch kommen.

Beide Partner müssen nun Grösse zeige – dem Gegenüber aufmerksam zuhören, auch wenn die Worte unangenehm ankommen mögen.

Jetzt gehts ans Eingemachte. Einsicht und Zugeständnisse werden gefordert. Die Situation spitzt sich zu. Das Geschehen tritt in die entscheidende Phase. Die Nerven liegen blank.

Liebe ich meinen Partner? Liegt mir etwas an einer gemeinsamen Zukunft? Kann ich mit seinen Fehlern und Macken in Zukunft umgehen – auch hin und wieder ein Auge zudrücken?

Was erwarte ich von ihm? Auch ich habe doch meine Schwächen, Fehler und unangenehmen Eigenschaften. Will ich wirklich meinen sturen Kopf jedesmal durchsetzen?

Es gibt viele Fragen, die man sich stellen sollte, bevor Entscheidungen getroffen werden, die nicht mehr rückgängig zu machen sind.

Wenn ich meinen Partner liebe, sind bereits alle Fragen beantwortet. Dann kann ich über meinen Schatten springen, auch wenn ich im Recht bin. Der Andere wird es mir das nächste mal gleichtun.

Die dunklen Wolken sind verzogen und Sonne scheint wieder hell und warm.

Einfach etwas lockerer reagieren, beim nächsten Zwist. Der Partner wird es danken und entsprechende Signale aussenden.

Schluss-Pointe

Keine Bange, Mägi bleibt Mägi. Am Tag als ich die Daten für dieses Buch an den Verlag übermittelte, fuhren wir am Morgen zum Einkaufen. Vor dem Schuhladen wühlte Mägi im Ausverkaufskorb und betrachtete unentschlossen, aber entzückt einen Schuh von allen Seiten.

Ich wartete geduldig, fragte aber irgendwann: "Und?"

Sie hielt den Schuh hoch und erklärte mir entschuldigend: "Ich habe vergangene Nacht von einem kleinen Fuchs geträumt."

"Ja – und nun?" fragte ich achselzuckend.

"Der kleine Reineke hat mir geraten, diese Schuhe unbedingt zu kaufen!"

Versuche Dich...

*Ein Liebebrief soll echte, tiefe Gefühle ausdrücken
und weiter vermitteln.
Nicht Jedermann-frau tut sich leicht damit.
Das liegt in der Natur von uns Menschen.*

*Diese kleine Sammlung, auf den folgenden Seiten,
kann als Hilfestellung dienen.
Nimm dir die Vorlagen – verändere diese
nach deinen Wünschen und Vorstellungen – bring die
eigene Phantasie mit ein – und schon ist dein
persönlicher Liebesbrief geboren..*

*Die Empfängerin oder der Empfänger
deiner Liebesbotschaft wird sich bestimmt freuen
und die Überraschung garantiert gelingen.*

Ein Versuch lohnt sich in jedem Fall.

"Liebe wächst nicht auf Bäumen, wie die Äpfel im Garten Eden.
Man muss sie schon selber erschaffen und formen.
Dazu braucht es Phantasie – und es ist Arbeit, harte Arbeit!"

Mein Liebling,

Wieviel Wahrheit liegt in diesen Worten, die aus Erfahrung zur
Weisheit wurden. Ist die Liebe aber nicht gerade darum so wunder-
voll? – Ihre Unersättlichkeit im Austeilen immer neuen Glücks und
die Unberechenbarkeit ihrer Launen?
Liebe bedeutet Leben, aber auch atmen, fühlen, sehen und erleben.
Sie gibt uns die Erde, die Luft und das Wasser, um vollendetes Glück
überhaupt gedeihen zu lassen.
Ich habe Dich gefunden, geliebtes, begehrenswertes Geschöpf und
seither tausend Streicheleinheiten von diesem Glück empfangen, –
wo früher nur Traum und Sehnsucht gewesen sind. Ich liebe Dich
und keine Macht der Erde wird es schaffen, mir dieses wieder zu
entreissen. Ich möchte Dich in meine Arme schliessen, Dich einfach
festhalten und das aufregende Gefühl Deiner Nähe spüren.
Dabei könnte ich Dir tausend Dinge ins Ohr flüstern: Von berau-
schenden Gefühlen, von süssen Träumen und heissen Sehnsüchten.
Dein Lächeln will ich sehen, wann immer ein Abgrund sich auftut.
Deinen Körper spüren, wenn ich Wärme brauche, und – Deine
Stimme hören, wenn Musik erklingen soll.
Doch ich will auch geben, was immer Du forderst. Hunderttausend
Vögel werden in die Lüfte steigen, den weiten Himmel und die
ganze Erde absuchen, um schliesslich zu bringen – was Dein Herz
begehrt. Ein buntes Meer von duftenden Blumen soll Dich umge-

ben. Du wirst ihre Königin sein, die in unerreichbarer Schönheit alles überstrahlt.

Kein Weg wird mir zu weit sein, kein Berg zu hoch und kein Wasser zu tief, wenn ich bei Dir sein möchte.

Ich will Dich glücklich machen, Dich fröhlich lachen seh`n. Nur aus Freude sollst Du weinen, vielleicht – wenn ich die Sterne vom Himmel hole oder – den leuchtenden Mond zu Füssen Dir lege.

Vor allem aber sollst Du die Stimme meines Herzens vernehmen, die flüstert: Ich bin bei Dir und verstehe all` Deine Sehnsüchte, Träume und Ängste. Ich will Freud und Leid mit Dir teilen. Schütte das Herz bei mir aus, – zu jeder Zeit. Du musst wissen, dass ich Dich leidenschaftlich liebe, – so wie Du bist, nicht so wie Du sein solltest oder möchtest. Benutze mich, brauche mich schamlos und wünsche Dir mit mir, dass unsere Liebe wachsen möge – bis wir eines Tages körperlich und geistig vereint, in die himmlische Wohllust einer starken, sanften und zärtlichen Liebesharmonie entschweben werden.

Manchmal fürchte ich, dass alles nur ein Traum ist. Sollte es ein Traum sein, ist es der schönste Traum, in der längsten Nacht meines Lebens.

Bin ich aber wach und Du bist keine unerreichbare Vision, dann hat das Schicksal mich reich bedacht.

Viele Worte, zärtliche Gedanken, tausend Küsse – und alle sollen Dir sagen: "Ich hab Dich lieb!"

"Liebe ist in Frankreich eine Komödie, in England eine Tragödie, in Deutschland ein Melodrama und in Italien eine grosse Oper," hat irgendwer, irgendwo und irgendwann einmal geschrieben.

Mein lieber Schatz,

Dieser "Irgendwer" muss wissen, wovon er schrieb. Oder aber, – er ist im Sternzeichen des Stiers geboren worden.

Ich jedenfalls durfte eine wahrhaftig grandiose Oper erleben – mit allem, was zu einer solchen Aufführung gehört: – die monumentale, eindrückliche Kulisse, – ein umwerfend phantasievoller Solist, – gewaltige, grandiose Musik und das Ganze in einer gelungenen Inszenierung verpackt.
Ich bin beeindruckt – und, vom Ergebnis fast erschlagen..
Du hast Dich als unübertrefflicher Gastgeber, im perfekten Rahmen und in feuriger Laune präsentiert, – und bist als unauslöschliches Erlebnis in meinem Herzen zurückgeblieben.

Darf ich Dich jetzt zu Tisch bitten – und, bei gemütlichem Kerzenlicht, mich mit meinen Genüssen revanchieren?
Die Tafel ist gedeckt. Die Schlemmereien für Leib und Seele stehen bereit. Die besten Tropfen für einen verwöhnten Gaumen sind kühl gestellt und, – ein exotischer Nachtisch soll die Erwartungen ansprechend abrunden.
Nur das Beste ist mir gut genug für den Beweis einer grossen Liebe, an der ich mich berauschen werde, so oft sie in meine Nähe kommt.

Satt und träge gleiten wir dann auf den Spuren von Romeo und Julia, zusammen in die Ewigkeit der überschwenglichen Genüsse und lassen uns durch nichts mehr von unserer Bahn der Lust und Liebe abbringen.

Und wenn uns ein Lavastrom sinnlicher, wilder und unkontrollierbarer Aufwallungen überschwemmen sollte – in eine Raserei erotischer Ausschweifungen, schwindelerregender Orgien und zügelloser Gier stürzt, dann stillen wir den Hunger mit unserer hautnahen und tiefen Verbundenheit.

Das Leben hat uns die Lust nach Liebe, Gefühl und Zärtlichkeit geschenkt. Es lehrt uns, davon zu kosten.

Wir zwei werden sie nicht verschmähen und den Appetit unserer Seelen stillen.

Mein Herz ist immer bei Dir.

Guten Tag mein Schatz,

Wenn Du jetzt am Frühstückstisch sitzt – der Kaffee dampft ; – und du die Butter aufs Brot streichst; – wenn Du die Marmelade von den Fingern leckst und die Katze von der Zeitung scheuchst, – dann weiss ich, dass alles wie gestern ist, als wir gemeinsam erwachten.

Und wenn nun gleich das Telefon klingelt, bin ich sicher, dass Du aufspringst, – erwartungsvoll den Hörer abhebst und ein charmantes, betörendes "Hallo" in die Muschel hauchst.

Deine fröhliche Stimme lässt die Leitung dann hautnah schwingen. Ich kann Dich fast spüren, während Du munter plauderst, blödelst, hinreissend-verwirrend und geistreich über Gott und die Welt philosophierst.

Kopfüber, kopfunter, zwielichtig und vieldeutig, – verkehrtherum und schief versponnen, verhaderst Du Dich beinahe in der Telefonschnur und träumst mir dabei vor – vom Bungalow auf der Südseeinsel, vom Appartement an der Prachtstrasse in der grossen Stadt, vom Bauernhof im malerischen Dorf, der kleinen Berghütte im verträumten Tal und der weissen Villa am langen Palmenstrand.

Fasziniert habe ich Deine Träumereien vernommen, das unterhaltsame und einfallsreiche Plaudern genossen – aber auch heisse Ohren bekommen.

Du hast mich überzeugt: – Packen wir die Koffer. Lass uns losfahren und zusammen die Welt entdecken.

Ich möchte mit Dir ein verblüffendes Spektakel erleben, mit der ganzen Skala von Tricks und Bluffs, die das Leben uns bietet. Stürzen wir uns gemeinsam ins Gewühl des bunten Jahrmarkts –

als betörende Clown`s Possen reissen, Scherze treiben, Albereien und Komödien spielen und uns berauschen, benebeln und begeistern am Flair des grossen Karnevals.

Dann werden wir über die breiten Highways rasen, durch endlos-dunkle UBahnschächte bummeln, über verstopfte Strassen-Kreuzungen flanieren, den Mount.Everest im Abendkleid besteigen, mit dem Doppeldecker durch die Tower-Bridge fliegen und als bunte Schmetterlinge die schönsten Blüten suchen.

Und wenn wir dann in der untergehenden Sonne, an einem wunder-schönen Sommerabend auf dem Canale Grande schaukeln, werde ich Dir leise ins Ohr flüstern:

Ich liebe Dich – und, bestimmt wird schon bald wieder Dein Telefon klingeln.

Mein lieber Engel,

Wie oft bin ich wach gelegen, habe die glitzernden Sterne am Himmel gezählt, mit brennenden Augen die Zimmerdecke nach allen Seiten abgemessen, bin in Gedanken weite Wege gegangen und habe die Zukunft mit all seinen Fragezeichen geplant und dann wieder verworfen.

Und ebenso oft bin ich auf die harte Strasse der Realität gefallen und mit brummendem Kopf aus meinen Phantasien und Phantastereien erwacht.

Ich habe eine Fata Morgana – eine Oase in der unendlichen, trokkenen Wüste gesucht und dabei an Schönheit gedacht, – von Lust und Leidenschaft geträumt, – mir abgrundtiefe Liebe gewünscht, und – mich nach vollendeter Harmonie gesehnt.

Auf dem langen Weg durch das quälende, aber auch lustvolle Wechselbad der Gefühle, traf ich plötzlich auf ein Licht, das mir den erlösenden Weg zum erfrischenden Wasser zeigte.

Ein wunderschöner, unvergesslicher Tag begann und ich habe dabei jeden Augenblick bis ins Letzte ausgekostet. Keinen einzigen Tropfen der erlebten Kostbarkeiten – die sich über mich entleerten – wollte ich verpassen.

Diese nie erlahmende Aufmerksamkeit, die keinen Wunsch offen liess, – die verliebten Worte beim Flanieren unter den stolzen Bäumen im Park, – die zärtliche Umarmung beim Tanzen, und – die langen, heissen Küsse am wild rauschenden Bach.

Ich durfte von Deiner unerschöpflichen Zärtlichkeit kosten, flammende Leidenschaft und tiefe Zuneigung erfahren.

Ich spüre noch das gefühlvolle Spiel Deiner Lippen und die zarten
Berührungen Deiner Hände und geniesse dabei die virtuose Reise
in die geheimnisvolle Welt der Gefühle.
Ich weiss nun, dass ich es wieder und wieder erleben will – dass ich
dieses Glück festhalten muss.
Für Venus, die Göttin der Liebe, hat man damals Tempel aus
Marmor und Gold errichtet. Für uns hat die Liebe ein Bild gemalt
und die Phantasie diente dabei als meisterlicher Künstler, der all das
Schöne in strahlend-bunten Farben verwirklicht hat.

Dieses Bild trage ich immer in mir, – behüte und beschütze es und
will vermeiden, dass es je in einer Galerie hängen wird, wo alle mich
beneiden können. Dieses wertvolle Geschenk kann und will ich mit
Niemandem teilen, denn die Farben sollen nie verblassen und die
Figuren immer lebendig bleiben.

Ich werde wohl lange wach liegen, an Dich und an unsere grosse
Liebe denken, den glitzernden Sternen am Himmel "Dankeschön"
sagen und vom unvergänglichen, ewigen Glück träumen.

Und vergiss nie: Ich liebe Dich, ich küsse und verehre Dich.

Geliebtes Herz,

Ich bin verliebt – grenzenlos verliebt und unsagbar glücklich. Das Leben erscheint plötzlich wieder überall himmelblau und rosarot gefärbt, – ich möchte fröhlich singen, tanzen, weinen und lachen und, – überglücklich die ganze Welt umarmen. Diesen denkwürdigen Tag werde ich sorgsam hüten und in liebevoller Erinnerung pflegen – auf dem Kalender feuerrot unterstreichen und nie wieder vergessen: Den wunderschönen Moment, als Amor seinen Pfeil auf die Reise schickte, – fein präpariert und sorgsam gezielt.

Er hat sich seinen Weg durch den glühenden Sternenhimmel gesucht und schliesslich uns Zwei gefunden. Und er hat sicher und wirkungsvoll getroffen, der kleine, süsse Liebesgott mit den lockigen, goldenen Haaren.

Du bist einfach dagestanden, – stolz respektvoll, selbstsicher und – ich empfand Dich sogar etwas überheblich. Du hast mich angeschaut, – nur angeschaut und schon war ich unfähig, diesem hypnotischen Blick auszuweichen. Dein sympatisches und siegessicheres Lächeln hat mich aber endgültig gelähmt und keine Zeit mehr gelassen, klare Gedanken zu fassen. Ich spürte, dass ich umkippte. Nirgends fand ich mehr einen Halt. Der Sturz ins weite Meer der Gefühle blieb unaufhaltsam. Dabei muss ich Kopf, Verstand und das Herz in den schneeweissen, kuschelweichen Wolken verloren haben, die mich in den "Siebten Himmel" trugen.
Dann spürte ich den zärtlichen Klaps auf der Wange und ich brauchte nur noch die Augen zu öffnen, um ins Paradies zu schau-

en. Ein Garten voll blühender Blumen strahlte mir entgegen — ein Hauch betörender Düfte verzauberte mich.

Und mittendrin entdeckte ich wieder dieses betörende Augenpaar und das faszinierendste Antlitz, das je meine Blicke gekreuzt hat. Da wusste ich bestimmt: Ich bin der Liebe begegnet und habe mich in das aufregendste Wesen meiner kühnsten Träume verliebt.

Wild pocht mein Herz beim Gedanken Deiner Nähe — ein Beben durchfährt den Körper beim Klang Deiner Stimme und — die Hände werden feucht und zittern, wenn ich Deine Briefe öffne. Und ich bin froh und dankbar, dass ich mein süsses, schnurrendes und knurrendes Löwenkind gefunden habe.

Ich liebe Dich

Du,

Warum? hast Du gefragt, – weshalb ich Dich liebe? – warum ich mich gerade für Dich interessiere?
Du erwartest eine Antwort, die ich kaum selber weiss. – Warum?

Das Herz hat oft Gründe, die der Verstand wiederum nicht kennt. Dann hat die Logik keinen Platz und verliert sich im Gestrüpp der Versuchung.

Ich bin dabei, die Tiefen dieser reizvollen Versuchung zu ergründen. Und wenn ich dann den Weg durch das Labyrinth einer komplizierten Seele gefunden habe, werde ich Dir vielleicht antworten:

Ich liebe – Dein verwirrtes Schwanken zwischen Vernunft und den Abgründen der Leidenschaft.
Das Anspruchsvolle, Ehrliche und Tüchtige Deines Wesens.
Den manchmal romantisch-verträumten und fast ein bisschen idealistischen Teenager und – den heissen Körper mit dem kühlen Verstand.

Vielfältig und verworren sind die Gründe, jemanden zu lieben, ihn zu mögen und zu vertrauen. Unerklärlich und unergründlich bleiben oft die stärksten Gefühle – und doch zieht es dich zu Liebe, die unermesslichen Reichtum an Zärtlichkeit und Hingabe ins Herz trägt. Ich liebe Dich, ich mag Dich schrecklich gern, sehne mich nach Dir, sooft Du fern mir bin.
Ich bin traurig, wenn wir uns gestritten haben, – glücklich und zufrie-

den, wenn wir uns wieder vertragen.

So einfach ist es – und doch so kompliziert. Ich schlafe ein im Glauben, dass Du immer bei mir bleibst und mich immer liebst. Dass wir uns nie aus den Augen verlieren werden und die Gefühle nie erkalten.
Wenn ich dann am nächsten Morgen aufwache, frage ich nicht nach dem Warum und Wieso. Ich nehme das Geschenk dankbar an und geniesse jeden Moment, der mir Liebe, Zuneigung und Freude bringt.

Vetrau` mir und glaub` fest an die Liebe, denn ich liebe Dich.

Hallo Schatz,

"Es war einmal..."

Die Geschichte muss so beginnen, weil sie wie ein Märchen klingt, in deren Mittelpunkt DU die zauberhafte Hauptrolle spielst.

Hundert mal schon habe ich diese Geschichte gelebt – mit immer dem gleichen Anfang und dem unvermeidlichen Happy-End, das dem Märchen eigen ist:
Du hast getanzt. Der Rhythmus der Musik trug Deinen biegsamen Körper wie eine Daunenfeder über die Bühne. Unzählige Augenpaare folgten fasziniert Deinen Bewegungen und auch ich versuchte verzweifelt, Deine sehnsüchtigen Blicke einzufangen. Plötzlich bist Du vor mir gestanden, hast meine Hand genommen und mich mitgezogen.
Ich tanzte mit Dir den Tanz meines Lebens – vergass die ganze Welt und liess mich – in Deinen Armen – von verträumten Melodien begleitet, zärtlich über die Bretter führen.
Wäre ich in diesem Augenblick nicht aus dem angenehmen Traum erwacht, hätte ich Dich bestimmt auf ein Märchenschloss entführt – Dir meine grosse Liebe erklärt und wir wären in der romantischen Schlosskapelle vor den Traualtar getreten.

Wie heisst es dann am Schluss solcher Geschichten? – "Und wenn sie nicht gestorben sind, dann leben und lieben sie noch heute."

Du – mein lieber Schatz, lebst nicht nur in meiner Phantasie und *meinen Illusionen. Ich habe meine Traumfigur sofort wieder erkannt, als wir uns begegnet sind. Die gleiche Faszination betörte mich, – dieselbe Unfähigkeit, mich aus der Erstarrung zu lösen und ein aufgewühlters Herz, das schrie: "Lauf nicht weg. Endlich stehst Du vor mir in Fleisch und Blut, – endlich hab` ich Dich in der Wirklichkeit gefunden".*

Ich werde Dich bestimmt nicht mehr gehen lassen, – diese Liebe hegen und pflegen, – mein Herz für Dich immer offen halten und Dich mit meiner Zärtlichkeit überschütten.

Für mich ist ein Märchen wahr geworden. Eine liebliche Prinzessin und ein charmanter Prinz haben sich grosse und ewige Liebe geschworen.

Ich brauche nicht mehr aus einem Traum zu erwachen, ohne Dich fest in meinen Armen zu spüren.

Ich liebe Dich.

"Leidenschaft ist der Stoff, den die Natur geweckt,
der Skorpion als Erster entdeckt, und –
mit unermesslicher Phantasie, reich bestickt hat."

Geliebter Schatz,

Der Dichter wird mir verzeihen, dass ich sein Werk zu diesem Vers
verdreht habe und, – er wird es akzeptieren, – schliesslich liebe ich
einen Skorpion.

Und wie ich ihn liebe! Der Verstand hat abgeschaltet, als wir uns
damals begegneten. Getroffen vom Blitz der Faszination, als hätte
ich eben das Paradies entdeckt. Hin und her gerissen, zwischen irr-
sinniger Lust und unendlichem Verlangen – von den verrücktesten
Gedanken eingenebelt, – unsicher und verwirrt und unfähig, mich
aus dem Staub zu machen.
Du hast Himmel und Hölle in mein Herz gemalt, das Feuer der
Leidenschaft entfacht und die Sehnsucht aller Lüste gestillt. Ich leide
und geniesse, wenn dieser wilde, unzähmbare Orkan aus Dir hervor-
bricht und – der Tag zur stürmischen Nacht wird. Wenn Du
schimpfst und schreist, kratzt und beisst und die kostbare Vase auf
meinem Kopf zerschlagen willst.
Vollendete Dramaturgie einer italienischen Oper führt Regie und
lässt die Liebe schliesslich triumphieren.

Endlich, – die erlösende Umarmung. Ich spüre das erschöpfte
Beben Deines Körpers, – die lüsternen Lippen und den heissen
Atem im Nacken. Zärtliche Bisse am Hals, Deinen hitzigen Kopf an

der Brust und die begehrenden Hände, die mein Haar zerwühlen. Das Staccato wildklopfender Herzen begleitet die stille Versöhnung. Endlose, fordernde Küsse steigern sich zum Fieberrausch grenzenloser Lust und führen in höchste Höhen – und tiefste Tiefen eines wundervollen Zusammenseins. Die Haut fibriert noch jetzt beim Gedanken Deiner Berührungen, als wären es Klänge einer grossen Symphonie. Es ist immer derselbe Akkord, der so oft Du ihn anschlagen magst, jedesmal wieder neu in mir nachklingen wird.

Ich liebe Dich – ich brauche Dich, wie die Luft zum Atmen. Diese Sucht, das Leben mit Dir zu erleben, will ich nicht bekämpfen, – auf den Zauber Deines Körpers nicht verzichten, – die Phantasie Deines Spiels nie mehr missen und das Erlöschen dieses Feuers verhindern.

... immerhin – liebe ich einen Skorpion!

Du,

Hab` ich gestern — beim Abschiednehmen eigentlich gesagt, dass ich Dich liebe?
Hab` ich auch gesagt, wie bezaubernd schön Du bist, — dass ich Dich brauche, und — vermisse, wenn Du nicht in meiner Nähe bist?

Dem kleinen bunten Vogel, der vorhin auf meinem Fensterbrett sass, habe ich all` meine Freuden, Hoffnungen und Gedanken gestanden — und er hat aufmerksam gelauscht, als ich ihm erzählte:

...dass ich Dich unsagbar liebe
...Deinen verschwenderischen Charme, der mich manchmal geradezu überschwemmt
...dieser fröhliche Optimismus, der mich in zauberische Verwirrungen entführt — und natürlich die vielen, unvergesslichen Stunden, die ich mit Dir erleben durfte. Augenblicke, in denen die Welt stillzustehen — oder sich nur noch um uns Zwei zu drehen schien.

Ich weiss, er hat jedes Wort verstanden — der niedliche gefiederte Freund. Immer wieder piepste er fröhlich dazwischen und hüpfte von einem Bein aufs andere.
Als ich mit meiner Schwärmerei zu Ende war, flog der kleine Kerl auf und davon. Ich hab` ihm noch lange nachgeschaut und dabei den Himmel beschworen, dass er Dich nun sucht und hoffentlich auch findet.
Schick ihn nicht fort, wenn er plötzlich vor Deinem Fenster singt. Er wird Dir viel Schönes und Liebes zu erzählen wissen.

Es ist wunderbar – Du bist wundervoll und mir geht es so gut, dass ich manchmal sogar den Boden unter den Füssen nicht mehr spüre. Es ist herrlich, mit Dir verrückt zu sein. Ich geniesse es, wenn wir zusammen auf einem farbenfrohen Regenbogen durch den Frühling reiten und ich dabei in Deine leuchtenden Augen sehe – oder, wenn wir in schwindelnder Höhe der Verlockungen Nachtwandeln und uns in der endlosen Weite des tiefblauen Himmels in Träumen zerstreuen.

Und so werde ich meine Liebe mit vollen Händen über Dich gies-sen, denn es beruhigt zu wissen, dass Liebe das einzige ist, was nicht weniger wird, wenn wir es verschwenden.

Ich denke an Dich

Mein lieber Schatz,

Der einsame Fischer steht schon lange Zeit am Ufer, wirft seine Angel aus und beobachtet geduldig den kleinen Schwimmer, der leicht beschwingt auf dem klaren, blauen Wasser dümpelt. Ruhig zieht er die Leine immer wieder ein, – versucht einen andern Köder, ein feineres Häppchen.

Er muss noch oft auswerfen, bis sich die dünne Rute endlich biegt, die Schnur straffer wird und die Beute endlich am Haken zappelt. Der Fischer hat sein Ziel endlich erreicht, – mit grosser, beharrlicher Ausdauer.

Und nun stehe ich am grossen, tiefen See und suche in meinem Korb nach dem passenden Köder. Nicht um Fische zu fangen, die dann hilflos und wehrlos im Netz zappeln.

Ich habe mir einen bezaubernden Steinbock ausgesucht, – Dich, mein lieber Schatz. Und nun möchte ich zu Deiner Seele durchbrechen, ohne die zarte Hülle der Gefühle zu verletzen, – um dann vom feinen, sinnlichen Kern zu kosten.

Ich bin dem Reiz Deiner Zurückhaltung erlegen, – aber nicht bereit, schon bei der ersten Hürde zu stolpern und hinzufallen.

Ich werde mich den Hindernissen stellen, – sie wegräumen und den Kampf aufnehmen, mit all den kleinen und grossen Unwegsamkeiten, die noch meinen Weg kreuzen.

Im meinem Herzen ist die Hölle und das Paradies zu Hause. Wenn es das Schicksal will, werde ich auch durch die Hölle gehen, denn ich bin mir sicher, dass am anderen Ende das Paradies wartet und den langen – vielleicht auch mühevollen Weg lieblich versüsst.

Die Aussicht, am Ende des Weges das Feuerwerk eines wiedererwachten Vulkans zu erleben, gibt mir die nötige Kraft und Ausdauer, das erstrebenswerte Ziel auch wirklich zu erreichen.
Die Liebe wird alle Anstrengungen entlöhnen und uns zusammen auf die Reise zum Mittelpunkt der Erde schicken.

Dann werden wir befreit sein von allen moralischen, praktischen und materialistischen Zwängen.
Die Herzen werden sich öffnen, wie wundervolle Rosen im morgendlichen Sonnenlicht und, – mit Lust und Leidenschaft begossen, zum prächtigsten Blumenstrauss formen.
Dann ist das ersehnte Ziel erreicht, das zur beständigen und unverletzlichen Liebe führt.

Ich werde weiter geduldig am blauen Wasser stehen, die Fische beobachten, von Dir träumen und mein Herz weit offen halten – und, meine Liebeswünsche an Dich übermitteln.

Liebe ist nicht nur ein Wort – ich werde es Dir beweisen.

Lieber Schatz,

Ich bin diese Nacht lange wach gelegen und habe dabei an Dich gedacht, – an unsere Liebe, unser Glück, die lange Trennung und – das erwartungsvolle Wiedersehen.

Als der Schlaf mich endlich einholte, begann ein wunderschöner Traum:

Die zierliche Prinzessin spielt am Teich – im Park des väterlichen Schlosses – als plötzlich ein grosser Karpfen mit breiten, wulstigen Lippen aus dem grünblauen Wasser auftaucht.
Die überraschte Prinzessin entdeckt staunend das goldene Krönlein auf dem Kopf des Fisches.
"Küss mich, bitte, schöne Prinzessin", fleht der grosse Karpfen.
Der zaghafte Kuss der Prinzessin beendet augenblicklich einen bösen Zauber. Ein junger, bildschöner Prinz steigt aus dem Teich. Eine rührende Liebesgeschichte beginnt.
Auf dem Schloss wird ein grosses Fest vorbereitet. Der König scheut weder Mühe noch Kosten, damit die Hochzeit seiner Tochter ein unvergessliches Ereignis wird.
Die Hochzeitstafel ist reich gedeckt, mit feinstem Silber und edlem Porzellan. Monumentale Leuchter mit riesigen Kerzen verbreiten strahlendes Licht im Saal. Unzählige Räucherstäbchen und Essenzen verströmen einen betörenden Duft.
Die Hofkapelle intoniert leise, verträumte Streichmusik. Fürsten, Grafen, Könige, Kaiser und Kalifen mit Gattinen und Gefolge fahren in goldenen Prunk-Kutschen vor.

Die zahlreiche Dienerschaft trägt edle Speisen und Getränke auf...

*Ich erwachte. Die Sonne strahlte durchs offene Fenster auf mein
Bett und beendete das romantische Märchen. Doch ich habe die
glückliche Prinzessin und den jungen Prinzen erkannt:
Du hast den Kopf weit aus dem Wasser gestreckt und ich habe
Dich scheu geküsst. Du hast mich in die Arme geschlossen und auf
das Schloss unserer Träume entführt.*

*Ich wünsche mir weitere lange Nächte, endlose Träume und ein
märchenhaftes Aufwachen in Deinen zärtlichen Armen.*

Ich liebe Dich

Liebling,

Manchmal erinnere ich mich kaum noch, wie und wo alles begann. War es auf dem riesigen Flughafen im Kontrollturm, oder – in einer dieser blendenden und gewaltigen Raumstädte, die träge, schweigend, majestätisch inmitten der Sterne treiben, oder – doch nur in einem Science-fiction-Film?

Vielleicht in der Wunderrakete von Jules Verne auf dem langen Weg zum Mond oder auf einer Reise mit der Zeitmaschine, wo Du in irgendeiner Stadt der fernen Galaxis, die Geschicke von Ausserirdischen gelenkt hast.

Ich glaube, es ist bei jenem grandiosen Feuerwerk am See passiert. Die Raketen schossen bündelweise in den Nachthimmel, wo sie sich zu einem gigantischen Sternenregen vereinten und über die vielen Zuschauer herabfiel.

Die Nacht wurde zum Tag und beleuchtete Dein strahlendes Gesicht mit einem faszinierten Ah und Oh.

Der Funke hat damals nicht nur am Himmel gezündet. Er hat auch mein Herz entflammt und mich ganz schön aus der Fassung gebracht.

Ich hatte nur noch Augen für den süssen Nachtfalter, der neben mir stand und das All nach weiteren Überraschungen absuchte.

Du warst nur schwer abzulenken und ich musste recht tief in die Trickkiste greifen, um auf mich aufmerksam zu machen. Aber die Mühe hat sich gelohnt. Das Feuerwerk, das ich an jenem Abend neben Dir fast völlig versäumte, hast Du mir mehrfach nachgereicht.

Ich lasse mich gerne weiterhin von der zärtlichsten, liebevollsten und einschmeichelndsten Schmusekatze verwöhnen. Ich geniesse es,

wenn die Liebe lockt und reizt, um dann wie Mozarts Musik zu
erklingen.

Und wenn Du wieder einmal am See stehst und das Feuerwerk
erwartest, werde ich alle Raumschiffe aus den fernsten Planeten los-
schicken. Sie werden über Dir kreisen, die Luken öffnen und hun-
derttausend Briefe ausschütten, die Dir meine Liebe und tiefe
Zuneigung überbringen.

Ich denke an Dich und sende tausend Küsse

Vom gleichen Autor 2011 erschienen:
ISBN 9783842333918
Verlag: Books on Demand GmbH

ROTTA

Makabre Wach- und Tagträume
eines jungen Schriftstellers

ERZÄHLUNG
VON
CHRISTIAN ROTH

In allen guten Buchhandlungen
oder als eBook downloaden